千里面目

潘振镛潘振节家族往来信札辑选

嘉兴博物馆 编
徐贤卿 编著

上海书画出版社

图书在版编目（CIP）数据

千里面目：潘振镛潘振节家族往来信札辑选 / 嘉兴博物馆编; 徐贤卿编著. -- 上海：上海书画出版社，2024.5

ISBN 978-7-5479-3367-1

Ⅰ.①千… Ⅱ.①嘉… ②徐… Ⅲ.①书信集—中国—民国时期 Ⅳ.①I265

中国国家版本馆CIP数据核字(2024)第110538号

千里面目：潘振镛潘振节家族往来信札辑选

嘉兴博物馆　编　徐贤卿　编著

封面题签	薛永年
责任编辑	李柯霖
编　　辑	居珺雯
审　　读	陈家红
特约编辑	申屠家杰
装帧设计	䇹 范慧敏　章莹莹
技术编辑	包赛明

出版发行	上海世纪出版集团 上海书画出版社
地　　址	上海市闵行区号景路159弄A座4楼
邮政编码	201101
网　　址	www.shshuhua.com
E-mail	shuhua@shshuhua.com
制　　版	杭州望宸文化传媒有限公司
印　　刷	浙江海虹彩色印务有限公司
经　　销	各地新华书店
开　　本	889×1194　1/16
印　　张	15.25
版　　次	2024年6月第1版　2024年6月第1次印刷
书　　号	ISBN 978-7-5479-3367-1
定　　价	298.00元

若有印刷、装订质量问题，请与承印厂联系

目　录

例　言　　　　　　　　　　/ 001

综　述　　　　　　　　　　/ 001

　　　　　　　　潘琳致潘德熙　　五通　　　/ 001

　　　　　　　　潘琳致潘振节　　七通　　　/ 007

　　　　　　　　潘琪致潘琳　　　三十七通　/ 015

　　　　　　　　潘琪致潘振节　　十三通　　/ 059

　　　　　　　　潘振节致潘琳　　九通　　　/ 077

　　　　　　　　潘振节致潘琪　　一通　　　/ 087

　　　　　　　　潘振镛致潘琳　　十五通　　/ 089

　　　　　　　　潘振镛致潘振节　九十一通　/ 107

丹青五代因时而新的秀水潘氏　　　　/ 201

附　录　信札涉及人物小传　　　　　/ 207

后　记　　　　　　　　　　/ 215

例　言

1. 本书以人物编次，依人物往来第一通书札的时间先后为序，书札时间无考者，暂置最后。

2. 释文一般接排，不依原札书仪格式。署款之后再有添加之文字则另起行。阙文一律以▢标识。有疑问字，在该字后标（？）。漫漶难辨的书札文字，以□标识。

3. 释文均使用规范汉字，传承字用（）表示。根据情况，适当保留了个别异体字。夹在原札、引文或题名中的订补、注释，为避免与原文内容混淆，用小字标识。

4. 除释读书札文字之外，有作书人钤印及笺纸名称者，不作释读，仅供研究者参考。

5. 本书考证着眼于书札写作时间与札中涉及的人、事。

6. 书札并刊实物图版，考证文字亦以图版相配合。

7. 书后附所涉人物小传，以供研究参照。

综 述

近几年来，嘉兴博物馆从拍卖市场和私人藏家手中征集了大量潘振镛、潘振节家族相关的信札，总数量超过600通。这批信札多为潘振镛、潘琪父子和友朋致潘振节、潘琳父子的信，包括张鸣珂、董念棻、徐善闻、胡钁、葛嗣浵、吴徵、沈景修、金蓉镜、董宗善、徐惟琨、徐锜、徐桢、沈子丞、吴一峰、郭季人、许应奎等地方名人所写，也有戴以恒、戴尔恒、汪洛年、姚孟起、钱病鹤、赵云壑、许士骐、冈本秀三等当时活动在江浙沪一带书画名家与潘氏家族之间的信札，涉及一大批嘉兴本土的书画名士，蕴含了整个民国时期嘉兴乃至上海、平湖一带的时代背景，具有丰厚的文物价值、史料价值和艺术价值。本书整理的这部分内容主要是潘振镛、潘振节、潘琳、潘琪四人之间的往来信札，或者称之为潘氏家族的家书，其中潘琳致潘德熙5通，潘琳致潘振节7通，潘琪致潘琳37通，潘琪致潘振节13通，潘振节致潘琳9通，潘振节致潘琪1通，潘振镛致潘琳15通，潘振镛致潘振节91通，信中涉及家族墓地维修、房产争端、生病就医、画件交易、友朋往来、子女教育、子女婚姻等诸多琐事。时间从潘振镛兄弟居住在濮院时起至潘琳在濮院抗战避难时止，时间跨度超过70年。

秀水潘氏并非大的家族，经历几代人的努力，成为了当地中小乡绅地主之家，虽然其在科举方面没有建树，但通过家族经济的累积，逐渐注重文化和艺术。从第七代潘楷开始，已经精益于艺事，《海上墨林》中称潘振镛先辈"先世皆工画。渊源家学，研究益精"[1]。潘楷（1802—1855），号访袁，娶嘉兴郑氏名楷号南山公长女（1803—1884）。《艺林悼友录》记载其"嗜画，全学江石如，颇似之"[2]。他共有大同、大临、大豫、大恒、大有、大咸、大丰七个儿子，可谓家族人丁兴旺。其中三个儿子均喜欢书画，潘大同（1822—1862），字绩臣，号吉人，死于粤匪。著有《栽花馆诗文草》《知非录》，娶嘉兴周氏名纯一公长女（1820—1879），养斋公妹，"喜作诗，书法亦工秀，又能作芦雁，不轻下笔。咸丰辛酉，同避兵于龙沙，日以诗酒相叙"[3]。潘大恒（1832—1875），字紫裳，号子常，娶嘉兴秀水陈氏名鸿训守愚公三女（1832—1854），培斋公胞妹。"自幼在余传舍，始学诗，日有进益，后又学画，秀雅可观"[4]。潘大临（1824—1866），号可斋，善画仕女，学改琦，娶嘉兴薛氏名嘉祥蓝田公长女（1824—1893），文晋次英胞姊，"能写仕女，早殁，人少知者"[5]。到潘振镛、潘振节这一代，潘氏家族以仕女画闻名重一时。潘振镛（1852—1921），字承伯，号亚笙，又号雅声，别名冰壶琴主。他是家族中绘画成最高的一位，海上六十名家之一，"工画仕女，风姿绰约，态度便娟，修洁雅澹，私淑费子苕"[6]。其仕女画技艺上没有太多的突破，遵循传统，是19世纪前后重要的一位仕女画家，"盖费丹旭、胡三桥之后能仕女者皆推雅声矣"[7]。潘振镛娶嘉兴王店镇孙氏名春山公次女（1856—1904）。潘振节（1858—1923），字叔和，号颂声，其仕女画成就亚于其兄，但他"善写真"[8]，肖像画独树一帜，曾为沈曾植画《牧牛图》，其画面中沈曾植肖像画惟妙惟肖，与照片对比也无异。潘振镛常在接到肖像画的生意之时，多以不擅长而推脱，转寄给潘振节进行写照。潘振节娶嘉兴薛次英长女鸿玉（1858—1900）。潘振

[1] 杨逸撰，印晓峰点校：《海上墨林》，上海：华东师范大学出版社，2009年9月第1版，第152页。

[2] （清）郭容光等撰，吴香洲点校：《艺林悼友录 寒松阁谈艺琐录 鸳湖求旧录 续录》，南京：凤凰出版社，2010年3月第1版，第23页。

[3] 同上，第23页。

[4] 同上，第23页。

[5] 同上，第24页。

[6] 同上，第124页。

[7] 顾青瑶：《潘雅声小传》，《红玫瑰》第5卷第8期，1929年4月，第1页。

[8] （清）郭容光等撰，吴香洲点校：《艺林悼友录 寒松阁谈艺琐录 鸳湖求旧录 续录》，南京：凤凰出版社，2010年3月第1版，第124页。

镛子潘琪（1893—1952），字君珣，号小雅，工仕女花卉，画风神似其父。潘振节子潘琳（1887—1960），字保之，号琅圃，"从学于世父，得其指授，画仕女殊有风致"[9]，仕女画继承了潘振镛的衣钵。

秀水潘氏家族概况

《秀水潘氏家谱》中记载：秀水潘氏从一世祖瑞旸公开始，经历二世祖禹生公，三世祖圣文公开始，四世祖尚瞻公，到五世祖廷怀公和六世祖潘喆若愚公之时，潘家的经济状况已很不错，仅家族的墓地就有两处：一处在嘉兴城南五环洞四十二浜，临近海盐塘，隔壁有沈坟，大小共两块，共"一亩六分五厘三毫"，由三世祖圣文公所建，六世祖潘喆在"嘉庆十九年（1814）正月十日成葬一世祖、二世祖、四世祖于此"，1830年底的时候续建了坟屋一所，召丁姓人看管，1907年七世祖潘楷也葬于此。另一处在凤桥石佛寺附近，"田地八亩三分二厘"[10]，墓地中有嘉庆十六年辛卯（1811）所建祠基。潘家的家族祠堂，共有五间，祠堂前立坊刻书"并为沈太孺人建勒褒节孝坊，嘉庆二十年（1815）始获岁事"[11]。沈太孺人是一世祖瑞旸公的夫人，节孝坊的作用主要是宣扬后辈尊老的美德，也是一个家族社会地位和经济实力的体现。

住城内，葬城外风水之地，是当时士绅家族的普遍做法。除了上述两处家族墓地外，潘家当时的祖宅在嘉兴城内外有多处，在潘振镛在给潘振节的信中涉及甪里街、洲东湾等四处房产，但到了潘振镛这一辈，城中老宅情况多不明确。大概因潘家在太平天国时期在外避难多年，待到时局稳定，潘振镛潘振节也已经成家立业，家族重担也落了在潘振镛这一辈身上，故开始关注祖业。在信中谈到一处城内宅基（"嘉兴旧宅地基，刻下据容堂说有卜姓欲造衣业公所，虽有些着落，尚恐城中空地

[9]
（清）郭容光等撰，吴香洲点校：《艺林悼友录 寒松阁谈艺琐录 鸳湖求旧录 续录》，南京：凤凰出版社，2010年3月第1版，第124页。

[10]
《秀水潘氏家谱》，潘氏后人藏。

[11]
《秀水潘氏家谱》，潘氏后人藏。

太多，价不能生色耳")[12]。信中还提到要绘"慕周"款的册页，慕周即是嘉兴人吴仰贤，他过世的时间是1887年，可以确定这封信的时间不晚于1887年，所述城中空地多不好出租，一是说明此处地基之事已明确，二是太平天国时期对整个嘉兴城破坏严重，尚未恢复生气。城内另一处地基是在嘉兴城墙内洲东湾，在府衙东南角的河道湾角处，（"洲东湾地基能否得有所望，然此刻时候又太迟矣"）[13]。洲东湾的地基尚在争取中，大概是避难时间太久的缘故，已被他人占去。这封信中还提到了潘琛（1883—1894）还在认字的阶段，其母薛氏（1824—1893）尚未过世，此时潘振镛还在上海积山书局工作，这些线索表明此信件的时间大概在1888年左右，判定洲东湾地块产权并非易事，（"再者前琪儿来说，洲东湾地基一节，兄已画得地图，曾托尤季良代进一纸至军政府，刻下未有是否拟日上到北门寻季良，是否再当通知可也"。）递交地图至军政府已是嘉兴光复之后，经历20余年地基之事尚未解决，可见其不易。除了城内所掌握的两处地基，在城东门外附近的甪里街也有两处地基，但是情况也并不明确，咨询妻子那边的长辈，得到的答复也并不理想，仅了解到（"所询外家住宅，亦属模糊，但知东塔寺东首十余门面，头埭店面墙门大约三间，二埭堂楼三间，三埭内坐室连备衖三间，四埭灶间连衖三间，东隔壁有书房三间，其前面一桑园，约三间之阔。两埭进深，其书房之后有一大天井，约一埭进深，再后面又有三间，西边灶间之后有酒作间，约两埭之数，都零星脚屋，但知内进六间开阔，不知其外面东隔壁是否耳"）。从描述上来看，这个宅基规模相当宏大，虽不是园林式的奢华宅院，但多具实用性和功能性的房产。同一封信中又提到（"至于到小俞家桥几间门面，亦难确切，并不知两隔壁是何姓氏，此刻立户还粮，总有大概，何如至于久空在桑竹之中，甚无益耳，须与高明商之"）[14]。小俞家桥也在东塔附近，与东塔寺东十余门面相隔不远。

[12] 潘振镛致潘振节信札。

[13] 潘振镛致潘振节信札。

[14] 潘振镛致潘振节信札。

上述几处房产经济价值都并不高，且部分存在争议，仅仅表明太平军进城之前这些房产能够给潘氏家族带来安逸的生活。

1860年太平天国大军进入嘉兴城，潘氏家族境况惨烈，家族成员多人死于战乱，抛弃祖业背井离乡，百年的家族经营，毁于一旦。若愚公潘喆的妻子盛氏带领家族成员避难粤匪于凤桥宗祠，庚申（1860年）六月初四日在凤桥宗祠殉粤匪，时年八十八岁。潘大有是潘楷五子，八月十四日殉难，年仅二十六岁。潘大咸是潘楷六子，八月二十六日殉难，年仅二十岁。潘大有妻苏氏，十一月十一日殉难，年二十六岁。潘大豫，潘楷第三子，其妻陈氏于十二月二十六日殉难。不到一年时间，家族成员5人死于兵乱祸乱。到了1862年，潘大同也因战乱去世，"同治元年壬戌六月初十日殉难匪难于三店塘舟次，时年四十一岁"[15]。时局混乱，家族人员大量意外过世，潘楷7个儿子中过世3人，除了潘大临有潘振镛、潘振节两个儿子，和过继到姑妈家的潘大丰有一个儿子潘振清，其他人的下一代也都早亡，家族人口急剧减少，家族境况一落千丈。在时局混乱的情况下，乡官俞阿三带领乡民推倒了潘家墓地中的树木，并破坏了河埠，此时的潘家只剩无奈，却毫无办法。潘大临一家大概在1862年后避难到了硖石，1866年5月潘大临在硖石过世，之后潘家又移居到濮院。1875年左右，其家族祠堂的门窗、沿石被开荒客民窃夫，墓地无人顾及，破败不堪。潘大临之妻薛氏也即是潘振镛、潘振节生母在1893年过世，长辈安葬之事越来越迫在眉睫：一是长辈多人未安葬，二是所欠葬会钱累积已让潘氏兄弟压力巨大。（"今冬腊月渐近，兄处现有濮院葬会钱四拾千之数，其办自祖母父以下约共六七葬之数，至少百余千文，若再迟谅亦无益"）。潘振镛给潘振节两封信中提到先人安葬的重要性：（"兹者先人坟墓无论贫富，总之入土为安是最要紧之事，无可推委也，至今我两人既无力为之，亦必须想法措办为要。"）潘振镛兄弟两人都有

[15]
潘德烈藏《秀水潘氏家谱》，潘振节后人藏。

心安葬先人，但两人的经济状况实在囊中羞涩，（"先人多未安葬，坟上如此光景，每至祭扫之时，不禁向隅垂泪，实因限于力，非盲于心也"）。为筹措资金潘振节将坟地边上的田地转让，潘振镛也觉得十分可惜:（"将一种变卖以作葬费，或即姜顺德之六亩半亦可脱去。想吾弟租米既收，岂有不着实之理，惟因此种近坟较之可惜耳。总之先人安葬，为子孙之心即可稍安也。"）同时也在出售坟基的河帮岸，但并未卖掉，潘振镛认为:（"现在惟此一块地基，早径（经）说过若得变卖者，安葬先人、修理坟屋、补种坟树，即在此款开销，实出于无力气之故，如有肥己之心，惟天可表。刻下将此帮一卸，此地更无善价矣。兄意须早托人变卖，如有受主可将。"）在葬事上作为兄长的潘振镛还是处于主导地位，且对坟屋修缮非常着急，但其弟并未表现出迫切的愿望，多次邀请其弟来濮院商量修坟屋之事:（"其时如能得空来濮一日叙之，所有修屋安葬之事实难再缓，但愿我两人笔墨兴隆，方可了此宿愿耳。"）[16] 潘振镛对潘振节多次催促修坟屋效果并不明显，最主要的原因是两人笔墨生意一般，经济状况不佳，生计窘迫，靠卖画养活一家人非常的困难。（"所有前之来信，云修故屋一节固不可免，惟年来彼此病魔纠缠，费用百出，了无余蓄，且葬事亦不可缓，尚恐不能筹措"）。最终潘振镛提出了拆旧屋仅修部分房屋的节省方案:（"兄意先将大段草草一修，所有坍脱、旧时砖瓦并将祠堂东首三间一并弃之，只修祠堂间及西首书房间，大约砖瓦旧木不缺矣，其余只要泥木作工本及钉纸经石灰之类，想必不消大费也，不过暂免其坍倒，至于门窗能得有人家旧门旧窗或可便宜，然宜缓而图之也。"）修缮之事也是越节省越好，只求坟屋不坍塌即可。潘振镛在"年将五旬"时，再次给潘振节的信中又提到（"坟屋之举迫不待缓，据兄意只可包工，自添石灰纸经等料，至于砖瓦木料，想东首拆去，大都勿缺矣。因今年更不比往年，只得简而又简，免其再坍而已"）。这封信

[16] 潘振镛致潘振节信札。

除了再次强调修屋的方案，也提出了包工的具体做法。在光绪二十五年（1899）时"墓门及祠屋东首两间均已坍损"，潘振节补录家谱也提到"修宗祠时，卸去其门改作中间两扇直枪，后因无钱进行修缮，满目荒凉，实属伤心下泪，想曾祖若愚公一番苦心"。其修坟屋的描述与潘振镛信中一致。在1899年的时候，兄弟之间谈妥修缮坟屋之事，最后两人找到了节省钱的办法："……吾弟以为何如也，所谓白云葬者，想必所费不过二三十羊之数，须早为留心为要，至五环洞桥之门可给其二三百，令渠叫木工一修可也。"所谓白云葬是在平地上砌一座很小的砖房子，棺材可存放在小房子里几年。这种葬式以前常见，在上海及浙江的杭州、嘉兴等地都有。

修好坟屋之后，需要把先人的棺柩从临时性的会馆中移出，这也能节约一笔放在会馆中的经费：（"母亲之柩可否移放其屋中，来年须设法安葬为要。濮地会馆中，每年中元节纸锭费四百文，兄处付出矣。"）由于经济的原因下葬也是下一年再设法完成，之后潘振镛的信中明确了下葬的时间，准备在明年清明。（"现已托体兄转言，准于明年清明移柩至坟，不可再迟矣。"）设想之事并未完成，直到光绪三十三年丁未（1907）十一月二十一日辰时将父母合葬于凤桥石佛寺家族墓地中，此时，距离将棺柩移至坟屋到下葬又过了近10年。同一时间下葬的还有潘大同夫妻、潘大恒夫妻，显然潘氏家族先人在太平天国灭亡之后都未下葬，其家族的落魄可想而知。

除了下葬在石佛寺附近墓地，按照家族葬俗，其祖父潘楷需要葬在五环洞墓地，（"五环洞做坟前，兰叔与顾升伯至乡，闻得前年沈坟颇费孔方且费唇舌，雇江北人来，不料临近乡人不容，以致出两番工价。今故拟经代葬局，无如局中早经排定日期说不能空，现顾公选定十二月初十吉时起，□□葬前约管坟老妪同乡人来包工，想亦不致大费也，此时吾弟能来最好"）。潘楷与其妻于光绪三十二年丙午（1906）冬合葬于五环洞桥四十二浜，其过世的时间在1855年，离下葬时间已超过50年。

无论是宅基、墓地、家庭人口，潘家在太平天国以来都是在走下坡路，虽潘氏兄弟努力经营绘画事业，但时代的变故，绘事生意也仅仅能够糊口，并非能够改变家族的命运，在民国八年（1919），潘振节在家谱中重新计算墓祠范围"祠及坟基地总共四处，并算丈实二亩五分二厘三毫二丝"，比早年的八亩多已经大大减少，变卖所得主要用于安葬、修坟屋、补种坟树，足见家族经营的窘迫。

潘振镛、潘振节兄弟艺术轨迹

潘振镛自幼喜欢绘画，"尤喜杀粉调铅，东涂西抹"[17]。其叔潘大恒在仕女画方面有一定的造诣："字子常，无子，仕女画名重一时。"[18]这里所说无子，并不准确，其有三子，只是都过世较早。潘大恒对潘振镛爱护有加，亲自教授绘画技艺："爱先生綦笃，因自课焉。"[19]在启蒙老师叔叔的影响下，潘振镛的绘画天赋得以发挥，"不期年艺大进，时先生年仅十六岁"。除了跟着叔叔学仕女画，还自学费丹旭的仕女画。潘氏兄弟逐渐长大成人，肩负着家庭的生计，"后数年昆季咸慕西湖之胜，移居武林耳"[20]。潘振镛因崇拜戴以恒的画名，向他请教绘画的技艺："先外王父用柏公画名，因就教焉。"[21]戴以恒深得戴熙山水家学渊源，从游者甚多，因潘振镛"天性颖慧，既与先外王父习画，乃益工。"[22]当时从戴以恒外甥周瘦鹃的记载来看，跟着戴以恒学画应该是在杭州。金蓉镜在潘振镛传中记载："尝于丈二垩壁，用帚画古装美人，发理衣纹，备尽其致。钱唐戴以恒见之，大相嗟异，遂以笔法，久而精工。"[23]这段记载中同样描述潘振镛绘画的天赋，用扫帚画仕女可能略有夸张，但不难看

[17] 周瘦鹃：《故画伯潘雅声氏》，《紫兰花片》1923年第13期。

[18] 周瘦鹃：《故画伯潘雅声氏》，《紫兰花片》1923年第13期。

[19] 周瘦鹃：《故画伯潘雅声氏》，《紫兰花片》1923年第13期。

[20] 周瘦鹃：《故画伯潘雅声氏》，《紫兰花片》1923年第13期。

[21] 周瘦鹃：《故画伯潘雅声氏》，《紫兰花片》1923年第13期。

[22] 周瘦鹃：《故画伯潘雅声氏》，《紫兰花片》1923年第13期。

[23] 吴藕汀编著：《近三百年嘉兴印画人名录》，杭州：西泠印社出版社，2001年11月第1版，第445页。

出这两则信息是分别站在潘振镛和戴以恒的角度来描述，这直接体现出潘振镛是主动拜师还是戴以恒主动收其为徒两者之间的区别。

潘振镛艺事起步阶段10年左右，多追随成名已久的戴以恒往返于濮院、杭州两地之间，且在杭州的时间多于濮院。同治甲戌（1874）春三月，潘振镛在濮院画了一幅以竹石为背景，中间绘持笛仕女的扇面给戴尔恒，并落"应子谦姻叔方家大人雅属"[24]，此时潘振镛只有22岁，其画技仅处于起步阶段。后有戴尔恒给潘振节的信中称其"叔和仁兄姻大人阁下"，带着"姻"字的称谓，可见戴、潘两家必有亲戚关系。戴以恒、戴尔恒在濮院与晚辈潘氏兄弟有一定的交流，潘氏兄弟去杭州向戴以恒学画也并非盲目，带有目的性，关于潘氏兄弟何时前往杭州，尚无明确的资料能够佐证，但大致能够推测在20岁左右，长大成人肩负起家庭生计的重担："光绪三年（1877）春二月上澣，仿玉壶外史小幅之作于梧桐乡栖凤桥寓中，以贺渔庄如弟大人燕尔之喜，雅声潘振镛。"[25]又有平湖博物馆藏仕女扇面"光绪三年丁丑春二月下浣，……于梅泾寓中，即应渔庄如弟大人清属，雅声潘镛"。1877年二月间，潘振镛连续为渔庄画两幅仕女画，地点都在濮院家中。其中一幅是在桐乡濮院家中祝贺渔庄结婚时所画，渔庄即是平湖陆增钰，与戴以恒交往颇深。渔庄先生与潘振镛相识在杭州或戴以恒在濮院之时，两人相识是经戴以恒介绍，渔庄连续索求两幅画，说明其对潘振镛的仕女画很是喜欢，此时的潘振镛应已非是亲戚朋友之间赠画阶段，开始以画谋生，渔庄可能是他早期重要的客户之一。萧山博物馆藏有潘振镛《仕女扇面》，款为"光绪戊寅（1878年）春二月仿听雨词人笔意于泉唐戴氏怡养庐。雅声"[26]。这里所说泉唐戴氏应该指的是在杭州戴以恒家中所画，画的依旧是仕女画。潘振镛虽跟随戴以恒学习山水画的技艺，但却更倾心于仕女画。潘振镛兄弟在杭州跟随戴以恒学习绘画，可能主要为了拓宽视野，结交朋

[24] 诸文进主编：《潘振镛书画作品集》，上海人民美术出版社，2006年7月，第138页。

[25] 平湖博物馆藏。

[26] 萧山博物馆藏。

友。仕女画也需要山水庭院这样的补景,想必潘氏兄弟在戴以恒身上学到了不少东西。《申报》1878年7月31日刊登《彊为集书画助赈润例》,书画每件一百文。"书:董枯匏、岳择斋、沈小舫、仲秋坪、朱元叔、钟少芝、夏丽生、翁紫卿、夏韵笙(隶)。画:戴用柏、董味青、濮柳卿、吴啸琴、胡栽庭、仲云乔、潘雅声。来件及润交濮院镇栖凤桥之文凤阁裱家,信力自付不代,九月终为止。"同一年的《增福集书画助赈润例》书法者中少了沈幼亭,绘画者中少了唐厚卿、曹学庵、胡志轩,"来件交濮院镇北横街仲巨顺米号登记",截止时间同样是在九月。这两个赈灾广告纸上二十名书画家均为桐乡濮院镇籍或寓居濮院的书画名家,濮院镇上有一个书画圈子,杭州山水名家戴以恒在此名单上,而且两则赈灾广告均把其放在绘画者的首位,可见戴以恒在濮院书画界的地位。1882年潘振节的《松下会友图》"拟华新罗山人笔意于梅泾寓舍",1885年潘振镛给倪茹扇面中落款为"光绪乙酉夏五,客戴氏饱礼堂",戴氏饱礼堂即戴以恒家中。

潘振镛大概在1885年下半年开始逐步从杭州移至平湖谋生,潘振镛在杭州时给在家乡潘振节信中多次提到平湖人陆增钰"渔庄处近来通信否"?"廿二日仰山同门曾寄一信并渔庄一缄",在潘振节早期绘画作品中也有一件画于渔庄,"光绪甲申(1884年)春二月,写奉渔庄如兄大人……叔和弟潘振节记于梅泾寓舍"[27]。可见陆增钰与潘氏兄弟交往密切,潘氏兄弟与平湖葛家的画件生意往来,可能与陆增钰帮忙介绍也有关系。当时,潘振镛经常会去平湖作画:"乙酉(1885年)十一月朔日,写于东湖寓斋,即应少岚大兄大人清属并正,雅声潘振镛。"[28]海宁博物馆的《梅花放翁图》中的"东湖寓斋"即是平湖东湖家中。从葛氏后人捐给平湖博物馆的一批书画中我们可知,1886年,平湖葛嗣濂(1865—1894)邀请到了戴以恒、董念荼、吴滔、潘振镛为其作画,从落款时间

[27] 平湖博物馆藏。

[28] 海宁博物馆藏。

来看非同一时间,可能是在不同的时间受邀去平湖,或者是去信索画。潘振镛的作品在这批捐赠书画中共有三幅,其一是"丙戌(1886年)暮春下浣"[29],潘振镛在梅泾寓舍之裁花馆中所画,但无上款,"丙戌(1886年)夏五"[30]画给葛嗣濂两个扇面,但落款中无所绘的地点。"兄到平一切均好,可弗念耳。惟葛氏所托用师画屏,因月底月初京里回来,即要喜事张挂,甚为要紧,殊为难事。素纸四张在家中茶几上。吾弟到杭时,只得先行带去,兄处再即调排寄杭也。"同时也特别交代("此是葛宅生意,须格外赶紧寄来为要")。葛金烺(1837—1890),癸未(1883年)参加会试,丙戌(1886年)成进士,授刑部主事,复援例为户部郎中。可能这里的葛氏指的是后者,这里的喜事应该指中进士。母亲大人金安,应指潘大临妻薛氏(1824—1893),个人倾向于此信写于1886年。这些信息说明潘振镛在1885—1886年前后已经与平湖葛家交往甚为密切,而且葛家的生意往来对于潘振镛来说很重要。潘振镛在平湖之时多次写信给其弟:("在王笔墨如可应手,极可不必他行,均俟兄回濮时或至王一转亦可。")写这封信的时间应该是潘振节绘画谋事的起步阶段,地点在离濮院不远的王店镇。潘振镛认为其弟在绘画上能够得心应手,可以不用转其他行当直接以绘画谋生,之后又写信告知推销自己的画需要借助别人吹捧:("吾弟在王能有寿像等,最好须托人吹嘘为是,因想刻下市面各处萧索,别处亦属平平也。")同时也告知其弟其他地方行情也一般,需要耐心。潘振镛在平湖期间潘振节又去了杭州卖画,("自吾弟至杭后,毫无只字寄来,深以为念")。

1887年潘振镛在上海谋生,潘振节此时还在杭州谋生。("兄自前月廿二来申,即寓积山书局,至今将已匝月,……惟初至收润局中束修以外,殊属寥寥。铁马路与热闹地方相去甚远,值此酷暑,会客甚难,且俟天气秋凉或者另觅别寓,遇机而行也。")潘振镛刚到上海一两个月在

[29] 平湖博物馆藏。

[30] 平湖博物馆藏。

积山书局谋生，其绘画重心从开始时的濮院、杭州，逐渐转到平湖，又从平湖转到上海。光绪十四年（1888）七月二十一日的《申报》上，有潘振节所绘《太平欢乐图》一书的广告："如欲趸购，上海向积山书局钱东桥潘雅声，杭州向高银巷口亦西斋书庄潘叔和面议。"此时潘振镛已在上海积山书局工作，潘振节仅仅30岁左右。潘振节摹画的《太平欢乐图》由其兄经手刊刻发行，可以说是其成名作，《寒松阁谈艺琐录》评价潘振节画名时提到"尝重摹《太平欢乐图》刊以行世"[31]。在1888年时潘振节还在杭州，在给陆增钰所画《松石图》的中提到"渔庄老兄大人属，即希法正，庚寅（1890年）九月叔和弟潘振节写于当湖"[32]，所以潘振节在为葛家作画同时已经与平湖建立了联系，另一幅画虽然没有落款时间，但渔庄过世之时潘振镛还在上海谋生，"渔庄老兄大人属，即希教政，叔和弟潘振节写于当湖客次"。1890年左右，潘振节的事业重心逐步迁移至平湖，据潘德熙《潘振节传》介绍平湖传朴堂需要画遗容，请潘振节所绘，潘振节为此长时间在平湖作画，其正式定居前三年一直在平湖，"1896年举家迁居平湖，寓北弄底松风台"。潘振节在平湖的时间比我们现在所知晓的时间要更早一些。

1894年潘振镛所作之画落款多为"时客上海"，1895年以及之后几年多为"写于梅泾"和"忘筌草堂"，从这里可判断潘振镛从上海搬回濮院时间大概在1895年左右，其人先从上海返回濮院，把东西存放在郭季人处，（"兄因上海尚有许多什物寄留郭处，延至于今，因拟于月之望后动身至申一次，以便带回，趁此之便揩内子至朱家谷，请陈先生一诊，大约转回十日"）。在第二封信中提到顺道前往朱家谷为妻子并不顺利，陈莲舫外出，赖嵩兰生病，只有退而求其次，让其学生开一方：（"兄因上海前存什物久欲取回，是以于前月十七偕内子及儿辈开船，意欲趁便至朱家谷请陈莲舫一方，无如陈公适有湖北之行且赖嵩乔自己有

[31]
（清）郭容光等撰，吴香洲点校：《艺林悼友录 寒松阁谈艺琐录 鸳湖求旧录 续录》，南京：凤凰出版社，2010年3月第1版，第124页。

[32]
平湖博物馆藏。

病,二公均学生代诊,虽开一方亦不见佳。至申耽搁四天,廿九日始得抵濮,一切尚算照常。")从上海搬家回到濮院,又在濮院住了一段时间。之后潘振镛搬到嘉兴,大概的时间在1898左右,从这一年开始书画落款有"鸳鸯湖上""鸳鸯湖东"。("近来东隔壁放租烟灯,其女人即王泥水之弟妇也,一母两女颇有土妓之风,日中卖烟,夜间赌卜种种难以尽言,奈其与兄处灶间对面甚不洁净,因此决意要另觅房屋,濮地竟无合意,拟待中秋后至禾,耽搁一月,以便寻觅,或太平桥,或南堰,想房价贱些,吾弟以为何如?")搬到嘉兴的原因是由于隔壁邻居之烦恼,最终选择购买的地方是嘉兴南堰,靠近南湖,此时购买地基居住,大概争议的房产地基尚未理顺。"先生所居,初在南湖之滨,地名南堰,与烟雨楼相望。蓄有古琴,有'冰壶'二字,因榜其斋为'冰壶琴馆'。张鸣珂尝泛舟访之,赠以二绝,其二云:'鬓丝一榻飏茶烟,满院秋花斗晚妍。帘影不波香篆袅,白描画笔李龙眠。'后购于城内荐桥河下,曰'忘筌草堂'。"[33] 关于潘振镛从南堰搬到城内荐桥的时间,张鸣珂在1908年所编撰的《寒松阁谈艺琐录》记录"僦居南湖之滨",搬到城内的时间必然在这之后,("琪儿于月初之初五进嘉县学堂,先付半年饭资十五洋,书籍费三洋,然此时读书者较之旧时更必多费耳……来禾一次?所带铺盖趁船亦便,至东门摆渡可到也"[34]。)这里的旧时所指的是嘉兴光复之前,潘琪在1912年前往北京求学,也意味着此信在1911—1912年左右,潘振镛告知潘振节坐船到东门再摆渡即可到,估计此时潘振镛刚刚搬到荐桥不久,故把行程告知如此详细,荐桥在城内东门附近。

对于潘振镛的艺术历程用一句可以概括:"往来上海、武林、南浔、审山、语溪、当湖间,游道日广,闻见日博。所至抱其贤豪,必乞画以为藏弆。"[35] 他和潘振节一样,在不断的游历中成长,成为出色的职业画家。上文中的艺术轨迹只是一个初步的判断,且画家只是在一个地方相

[33]
潘德熙:《潘振镛传》,《嘉兴市志资料》第二期,1989年版,第14页。

[34]
潘振镛致潘振节信札。

[35]
吴藕汀编著:《近三百年嘉兴印画人名录》,杭州:西泠印社出版社,2001年11月第1版,第445页。

对固定地生活，还会到处游历谋生，就如潘振镛、潘振节一个定居在平湖，一个定居在嘉兴，但1909年成立的豫园书画善会，兄弟二人也是积极参与活动，是善会重要的画家之一。

潘琳的两次婚姻

潘琳成长于时代变更的年代，新思想、新思维在长辈看来已经偏离正轨，在潘振镛、潘振节这一辈看来，儿女婚姻之事理应是长辈做主，所谓"父母之命，媒妁之言"。信中内容能够整体反映清末民初嘉兴地区的婚俗习惯，按礼制聘娶婚需要经过一套完整而繁杂的程序，包括成婚前的"六礼"，一般称之为"纳采""问名""纳吉""纳徵""请期""亲迎"。嘉兴地区清末民初婚礼也多遵守古制度，"婚礼纳采纳徵委禽亲迎多遵古道"。但中间过程有一些具体操作的程序，如"求吉""谢允""允吉""准日""送装""撤帐"等[36]，同样《乌青镇志》也记载："今之婚礼与旧制略同，第渐趋简单。凭媒议婚、问名、纳采、请期、速戒、迎娶、庙见之礼，今犹如昔。"[37] 基本上的程序都是根据"六礼"，只是因为地区差异，根据地方实际情况有所增减而已，且名目叫法也略有不同。

潘琳的第一次婚姻是包办婚姻，两代人之间的冲突也由此开始。潘家的小妹是潘琳婚事的媒人，在其他潘氏家族信札中也多次出现"端木小妹"或"小妹"的称呼，此人应该是端木乐亭之女。端木乐亭与潘振镛的伯父潘大同是亲家关系，潘家之女嫁给了端木乐亭之子。端木小妹也熟识陆家的情况，请她作为媒人，向陆家提亲说媒合情合理。陆家之女是嘉兴陆星甫次女陆桂娥，家在嘉兴城北塘汇。1912年春节，潘振镛给其弟道"新禧"问候的同时，述说和小妹谈及潘琳与陆家的婚事：（"昨午小妹来家，谈及陆宅亲事，如何行事曾详述前信，谅早接洽，彼处要

[36]（清）许瑶光修，吴仰贤等纂：《光绪嘉兴府志》第二册，国家图书馆出版社，2016年版，第291页。

[37] 丁世良、赵放：《中国地方志民俗资料汇编》，华东卷（中），书目文献出版社，1995年版，第709页。

待我处定准,是否早日回复,以便月半请庚否者,可以另出八字。据兄看来,极可办得,务望早日来禾商酌,勿再疑或迟误为要。一切面悉不碎。")"小妹"在两家之间的沟通比较顺利,双方家长认可两家的结合,女方已在等待男方决定。潘振镛认为这个婚事极可办得,催促潘振节早做决定,以便前往女方家请庚。请庚是男方父兄请人说媒后,求取对方八字的过程。五月二十九日信提到("陆宅八字可曾卜吉,念念")[38],测算二人八字虽是算命先生合计一算,是否相克仅仅一家之言,但这是成婚必要条件,若不合则绝无成婚的可能,潘振镛对侄子的婚事甚为上心,关心所测"八字"的结果,同一封信又提到("顺侄寓处一节犹未觅定,总之不肯过于俯就也。")这个时间点应该是1912年潘琳在国民教育编辑所任图画编辑,刚到上海旅居寻找住处之时,故此封信的时间是1912年5月。八字相合,经过见面相亲等程序,双方满意之后,须履行一道订婚手续。("琪儿尚未暑假,迟日至平可也。陆宅亲事一节,小妹于节后曾至塘汇,据其母云,一切均凭老大作主,故此行徒劳往返,前日朗清至育婴堂,据云亲事已允,惟吉期要定过,必须来年正二月间对亲,准日之日,略待秋凉可也。至于六礼阖阃并未提及,昨日小妹叫人来关照如此耳。")[39] "琪儿尚未暑假",又能够迟几日就能到平湖,故判断写信时间应该在1912年的6月间。对亲仪式等同于双方确定关系,相当于现在的领结婚证,去女方家中男方需要送首饰,或用鱼肉礼篮。准日也就是择吉日成婚,陆家建议在此年秋天进行准日。据《古禾杂识》记载:"……请期曰准日,则男宅投之以茶,女宅报之以糕,糕必返半焉,谓之两头高。"这封信把对亲和结婚的日子都基本确定,男方选定结婚日期,提早半年通知女家,称"对盘",又称"行大盘"。二月初二日潘振镛写给潘琳信提到("再者,汝父前日来禾,带来吾侄之信,云于四月中一定回来,故特择吉于四月廿八日行娶,先于三月初十准日,但望

[38] 潘振镛致潘振节信札。

[39] 潘振镛致潘振节信札。

吾侄处宜早日预备回来，能愈早愈秒，切勿届时局促为要")[40]，此信应是1913年2月，催促潘琳从上海早日回来成婚，"四月廿八日行娶"符合旧时选吉日"双月双日"的习惯，信中的三月初十准备日即是准备对亲之日，与上一封信中提到对亲时间有推迟，可能秋天定准之时确定的最终时间。三月十六日信：("陆宅姻事即于初九备帖及指戒一对、元糕两包计三十有零，计十七元三角有余。小妹到彼，而彼处以无礼篮为嫌，此照大概亦有有，有无故不补去，允帖已来，留在兄处。")[41] 此信应该是上两封中提到对亲之事，按理对亲之时，男方家应该送女方礼篮，不知为何潘家未送，导致陆家有嫌弃之意。虽有间隙，但还是拿到了女方的允贴，结婚仪式只等四月廿八日时间来临，举办行娶即可。潘琳也向伯父表示四月初必定回来，完成行娶。事实上潘琳并未完成行娶，他对此次婚姻的采取的是逃避态度。

　　清末民初，开放程度极高的上海，新式的婚姻观已慢慢深入人心，1912年的《申报》有"平等自由，欧化输文明种子，嫁娶订于睹面，不烦媒妁之传言"[42]。同年，《申报》又刊登了一篇名为《自由女子之新婚谈》的小说，夸奖了文明新婚礼的种种好处。主流报媒多次讨论新式婚姻，对于潘琳这样的年轻人思想冲击极大，原本内心的抵触，开始转变为抗衡长辈的举动。于是，潘琳不断拖延婚期，躲避这场并非自己追求的婚姻。躲避并非长久之事，然而1913年夏有一件巧合的事发生，为潘琳找到了极好的借口。那年，潘琳任职的国民教育编辑所毁于兵火，工作停滞，同乡施桢邀请他前往日本发展艺事。早在1912年，同乡张伯英、施桢已经在东京谋艺，并成立了中华南画会，沪上书画家前往日本甚多。于是1913年9月，潘琳前往东京。潘琳出国谋生学习增长见识的理由确实让长辈无法拒绝，当然也有可能是不顾长辈反对强行前往，总之，这婚期是无限期地拖延了。

[40] 潘振镛致潘琳信札。

[41] 潘振镛致潘振节信札。

[42]《戏拟某法院判决某医士诉讼书》，《申报》1912年12月24日。

[43] 潘振镛致潘振节信札。

[44] 信中提到二回革命即二次革命，写信时间应在1913年8月二次革命平息之后，可判断此信均写于1914年。

[45] 潘振镛致潘琳信札。

[46] 潘振镛致潘琳信札。

[47] 潘振镛致潘琳信札。

[48] 潘振镛致潘琳信札。

潘振镛和潘振节这一代经过传统文化教学洗礼，规规矩矩生活，然而，时代的更替，导致两代人观念不一致，他们在孩子的婚姻和教育上或多或少都受到了挫折。潘振镛给潘振节信中抱怨自己儿子任性地跑往北京上学，也是极其无奈，（"但想如今少年胆量虽壮，多半妄想发财，喜于挥霍，只图目前，并无后顾。其心地之恶俗，无药可医耳。盖新学所谓'自由'二字，大误苍生"）[43]。年轻人追求的自由，在老一辈看来都是大误苍生。虽然潘琳远在日本，作为长辈，潘振镛依旧是以劝导为潘琳尽快回国，完成婚姻为要，潘振镛催促潘琳回国完婚的信，至少在1914年4至5月间连发两封，[44] 均未收到回复，（"四五月间先后曾发两函，未见复言为念"）[45]。6月的信中继续劝潘琳回国，（"至于姻事，乃人生之大事，况如吾侄，亦属单传，此时正宜急办"）[46]，这个婚姻是端木小妹和潘振镛撮合而成，对于侄儿的人品也在对方面前打了包票，如果无故取消，在小城必将传开，对潘振镛这样的传统文人将是一个人生污点：（"其当时愚与尔端木寄母，再四力言，吾侄人情可靠，将来断无他意。至今定亲已久，岂可视同儿戏？"）[47] 接着又谈及国内的形势，社会风气也从激进的革命回复到保守的旧有状态，"一切官场律例，渐复旧章"。与之缔结婚约的陆家女此时已待嫁将近两年，亲朋好友均知道其久不能出嫁，对女方的名声极其不利，男方的做法已经有悖于传统礼仪。（"况我中国，自从二回革命以来，一切官场律例，渐复旧章。彼处母女忍苦久待，若使再行延约，如今亲友尽知，实恐有性命交关之虞，吾侄断不可歧生别念。"）[48] 讲完问题的严重性，继而为其侄儿想出两全其美的办法，在不耽误东京事业的情况下又能回国完成婚姻大事。也着重说子女的孝道，婚姻也能完成长辈的心愿。（"今闻会主张君定于今冬回来，若待彼时，恐吾侄必须代理会务，势不克同行矣，须趁此时尚早，万望吾侄先行回来一转，数月之间，可以再出东洋，庶可为万全。一可以完姻，二可以代理会务，三可以安尔父之心，且可以免愚与尔寄母不落抱怨。古云孝当竭力，想吾侄本性和顺，必不以愚言为模棱也。"）[49] 直到此时，在潘振镛看来，潘琳不回国是由客观因素导致，殊不知，坚决不回国是其本意。

潘琳不愿回国陆家早有预料，潘振镛却是一直不知情：（"据保之处来信，竟似回绝。最奇者，竟被陆宅所料着，我等倒反如在梦中。真真出于意外。但当时再四为之满拍，此刻如何好去回复，即如彼处来问，只可暂作延缓之计。但据保之决意不合，又恐愈迟愈难。"）[50] 但在之前潘振镛认为这些都是传言，不可信，而且是觉得施桢人品有问题，故意造谣为之：（"所云陆宅或听施廷辅传闻，或廷甫与顺侄不和，故意造言，此断不可作据。所虑者一闻东京回来未免催娶，倘顺侄果有不欲之意，定多口舌，除此之外固无所怕，若云停妻再娶，毫无确据，决不能以传闻作证也。"）[51] 直至潘琳的父亲潘振节在给潘振镛的书信中，将潘琳写给父亲的书信附上寄去，潘振镛才得到潘琳在日本的信息，证明传言为真。（"据保之来信云，日本现今亦在戒严之时，邮便停车"）[52]，潘琳提出无法回国的原因是日本已在战争戒严之时，路上凶险，且消息不通，书信难以传递。1914年7月第一次世界大战爆发，日本借机扩张，8月底对德宣战，随即出兵山东，这段时间确实是形势紧张，这个是客观原因。但同一封信中也提道：（"此保之所谓妻室累人，而不知妻室之后累人事又原原（源源）不绝。"）[53] 这等于明确告诉长辈，他是不愿意回国成婚，不想因家庭拖累，要专注于自己的事业。

在确认种种事情都并非传言后，潘振镛写给潘琳的书信口气变得更加严厉，直接断定已在日本另有得爱之人，而且得爱之人必定色可迷人：（"吾侄正在图名求利之时，岂可为一妇人丧名失德？日后回来，难对诸人乎，但男子在外，暂适一时之兴，亦非不可，切不可过于认真。"）[54]

[49] 潘振镛致潘琳信札。

[50] 潘振镛致潘振节信札。

[51] 潘振镛致潘振节信札。

[52] 潘振镛致潘振节信札。

[53] 潘振镛致潘振节信札。

[54] 潘振镛致潘琳信札。

还劝告他，现在正是人生追求事业之事，不能因为一女子"丧名失德"。"一时之兴""亦非不可""过于认真"这些词多少能看出潘振镛的无奈与妥协，大概此时潘振镛已证实潘琳在日本娶妻生子。

潘振镛在讲"名"与"德"的大道理时，还特别强调了亲情，称潘琳父亲的病情多是因其任性造成：("尔父年近花甲，下有弱妹。昨午尔父扶病，免（勉）强来禾面商，看渠面黄肌瘦，饮食大减，是皆为尔不听教诲，气成疾病。然父有爱子之心，即余亦岂无骨肉之情？尔父年老体弱，倘一经病发，家中无人作主。")[55]可惜，最终的结果是亲情和名声都未能起作用，尽管费尽口舌，潘琳依旧我行我素。("至于陆宅之事，早经取消，吾侄放心可也，种种直情，幸勿疑作虚言是也。")[56]这封信明显是潘振镛善意的谎言，想通过取消婚姻的消息，把潘琳骗回国，大概看到潘振节身形憔悴，只想着让潘琳先行回国，其他事再行缓之。

关于回国潘琳时间，《海派画家辞典》记载："1918年返里，次年重游沪上，寓豫园书画善会，画名益著。"潘德熙在《潘琳传》中写到"1918年返里"，在1913年秋去日本，"先后在日本6年"。嘉兴博物馆藏有潘琳夫妇、兄妹三人为张伯英夫人吴月薇女士五丁寿秩所作扇面，题跋中提到张伯英于乙卯（1915年）春间携妻子东渡日本与潘相会，丁巳（1917年）秋潘琳从日本返回故里。《海派画家辞典》的信息应该引自《潘琳传》，虽然这个扇面画好已是16年后的事，但潘琳自己不太可能记错回国时间，故认为潘琳回国时间在1917年秋，"次年重游沪上"，应该是1918年。潘琳回国的原因，因资料缺少，无法知晓是潘振镛、潘振节兄弟的感化有了效果，还是潘琳觉得日本东京的发展已经到了瓶颈更或者是潘振镛"善意谎言"策略成功了。按潘氏家谱目前所记载陆氏是列入族谱，明确为夫妻关系，可能潘琳是回到家乡后，还是完成了行娶的程序。1919年陆氏过世，与潘琳并无子女。潘琪在写给潘振节信

[55] 潘振镛致潘琳信札。

[56] 潘振镛致潘琳信札。

中，有两次提到了潘家为其举办丧事（"顺嫂撤帏之期，兹有岳母命带送锡箔四千，因恐折锭时间匆促，特先寄上。侄须十一日前来矣"）[57]，"顺嫂三七之辰不及来平，殊为罪歉"[58]。陆氏出殡时，潘琪先行邮寄锡箔，后前去奔丧，而"三七"时因时间来不及过去，表示抱歉，可见陆氏丧事是由潘家操办，也表明潘氏家族是认可陆氏这个媳妇的。

妻子过世，尚无儿女，潘琳也已30多岁，续娶这个事又是迫在眉睫。潘振节已近暮年，最大的希望是能够看到潘琳结婚生子，潘家有后，他的迫切性体现在给潘琳的信中，信中多次提到婚事"昨特请朱梦曙兄来家，谈及魏氏家景"[59]，"余说起徐涵才之女，彼云此人极可对得，若不明底细，渠已应许代为探听。前新畦令别时满口说总要再访云云，余意姑且待朱张两处之回音后再说"[60]，"请来胡氏庚帖，前托朱梦曙探听，据云俟张子文亲眷，人品一切颇佳"[61]，"前接郭和庭兄来信，说及凤桥庚帖尚未请来，未知何故均不写明。前悉孙颂和至申，与尔晤时谅必谈及林姓之事，不识可否用得，乞即字明一一"[62]。仅在存信中已经涉及6家亲事，有"胡氏""林氏""魏氏""徐子涵女""凤桥庚帖"，都是潘振节帮助潘琳物色续娶的对象，可见其迫切性，但整个过程中并非一帆风顺，被胡家回绝、林家"无从探听""潘家亲事作否"，潘振节虽在此事上费尽心思但是不尽人如意。在现有已整理的潘振镛往来信中，未发现提及此事，推断此时潘振镛可能已过世或者病重，也就是1921年后才和沈家说亲。最终具体操办之人自然落入到潘琪之手，作为潘氏家族大事，潘琪也是尽心尽力，很快潘琪也给潘琳带来了好消息，同时带来了两家姑娘的信息：（"吴沈两家八字，弟已托沈三弟打听，兹已得其回信，看来人品尚好，惟系庶母所出，其母初曾为沈氏仆妇，而吴姓者其父即□□堂司事者，亦甚不讲规矩，嫡母早故。"）[63]这次打听反馈是两家的信息，从信中可知，潘琪明显偏向沈家，据其岳母介绍沈家女儿读

[57] 潘琪致潘振节信札。

[58] 潘琪致潘振节信札。

[59] 潘振节致潘琳信札。

[60] 潘振节致潘琳信札。

[61] 潘振节致潘琳信札。

[62] 潘振节致潘琳信札。

[63] 潘琪致潘琳信札。

过书,家中开鞋店。沈家其中一个儿子也是与潘琪所"素知",这里所提到的沈家之子即为沈子丞(1904—1996),在同时期潘琪给叔父潘振节去信中提到了其二公子沈子丞与自己有所交往:("其次郎公曾在第一高小读书,闲时辄与侄借画稿,亦不时来去,近在上海书局中画图。")[64] 根据沈子丞在《学画回忆琐谈》中回忆自己在中华书局当练习生是在1920年,[65] 此信的时间也在这之后,信中还介绍了沈隽丞家庭具体情况,其女虽不认识也是有所闻:("现在报忠埭女子职业学校读书,因是郭余庭在该校教授图画,前曾谈及笔墨尚好,岳母处与此校临近,故亦有所闻。")[66] 潘琪打探的消息及时与潘琳父子沟通,并推荐了这次作为长辈出面做媒的人选:("侄今拟求邵敬之或郭季老去说,想二公均必相识,且与吾家皆属至好,谅可易于说合也。")[67] 从后面的信可知,最终确定的媒人是郭季人,即郭似埙(1867—1935)。("沈氏亲事前晤季人伯谈及,似乎已有眉目,现请大人速示请庚日期,以便求其往取也。")[68] 之后,郭季人通过与沈隽丞的面谈,亲事基本已定,女方也同意出帖:("顷晤季人伯谈及朵云亲事,似乎已有眉目,日前季人伯亲往面求隽丞,当已允可。今日季人伯过兰云阁裱画店友姚少梅者,据□□丞嘱其转告彼处已允出帖。")[69] 出帖的时间从同一封信中能够找到。("其女今年二十一岁"[70]),1901年出生的沈氏也就是沈亦如,21岁时也就是在1921年。但是坊间有传闻潘琪已经"年已四十外",应该"季人伯"已经说明,不影响其他后续的事情,只是请庚日期需要重新确认,信中也确认了男方和女方的媒人:("男媒则季人伯已允任,女媒则由姚少梅(已蒙愿任,其人与顺哥亦曾认识)任之。")[71] 潘振节在给潘琳的信中也提到庚帖一事,("再与季老小洋二角作还沈宅庚帖之喜糕"[72]),说明请庚已经完成,送喜糕给媒人郭季人表示感谢。

从现有的信息看,潘琳与沈家的婚事沟通应该在1921年左右,极

[64] 潘琪致潘振节信札。

[65] 沈子丞:《学画回忆琐谈》,《朵云》第7集,上海书画出版社,1985年版,第113页。

[66] 潘琪致潘振节信札。

[67] 潘琪致潘振节信札。

[68] 潘琪致潘振节信札。

[69] 潘琪致潘振节信札。

[70] 潘琪致潘振节信札。

[71] 潘琪致潘振节信札。

[72] 潘振节致潘琳信札。

有可能完成安心礼之后，潘振节可能才过世。嘉兴订婚也称为"安心"，合婚后婚姻可成，男家送"安心礼"至女家，即可公布婚期。潘琪在信中提到两家结合是美满姻缘，此时潘振节应尚未过世，（"悉吾哥亲事已行安心礼，甚慰。沈隽翁为人和蔼可亲，家教必自有方，将来过门，定卜伉俪同心，诚为良好美满之姻缘也"[73]。）潘振节过世后，作为儿子，按礼制，需要守孝27个月，不能进行婚娶。（"桥本关雪近又来沪，今日到会，闻吾哥守制，颇致悲感之意，嘱弟代达唁诚"），在1923年8月27日《申报》记载桥本关雪到中国的情形，潘振节是1923年6月过世，信中提到桥本关雪到上海应该就是《申报》上记载的这次，这也能解释潘琳是在"1925年娶嘉兴沈亦君"[74]。潘琪自始至终关心着潘琳的婚姻进程，（"吾哥续鸾之吉已否择订，甚为念念"）[75]。

在潘氏两代人之间往来信中叙述着潘琳的两次婚姻，全面反映了旧时嘉兴地区的婚俗习惯。潘琳作为新旧时代交替中成长起来的人，接受过新思想，又在开放前沿的上海洗礼过，他的婚姻观也是在时间的推移中不断地变化，从信中我们能够感受到潘琳并非一定要突破长辈的包办婚姻，只是希望能找到志同道合之人，沈亦君是如此，识字还能画画，想必婚后两人在艺事上多有交流。

[73] 潘琪致潘琳信札。

[74] 潘德熙:《潘琳传》,《嘉兴市志资料》第二期，1989年版，第165页。

[75] 潘琪致潘琳信札。

潘琳致潘德熙

大儿知之：顷接来信，并家款一十五万收到无讹。上次寄来之家款亦早收领未复，因汝母于一个月前又似旧恙覆（复）发，终日不言不语，时常叹气。起初饮食亦减少入，至近二三天来饮食每餐两碗，言语也觉如常，谅不妨矣，祈勿远念。你购之梅花美女日本式装，大概虹口日人所嘱画，亦未可知。近闻上海开菊花大会，周翔瀛于一星期来上海参观菊花会，未知你晤面否？菊花有几万盆，种有几千种，又印出一本名《菊展》，每本售伍佰（百）元，你去看过否？《菊展》最好你购一本寄我看看。烟儿之家款，望你快去一电话，催他就寄来。因八官校内来通知，催索学费及膳宿费故耳。《长亭图》，容着色竣后寄上可也。专此寸复，即询近好。十一月廿七下午。父寄。

第二通

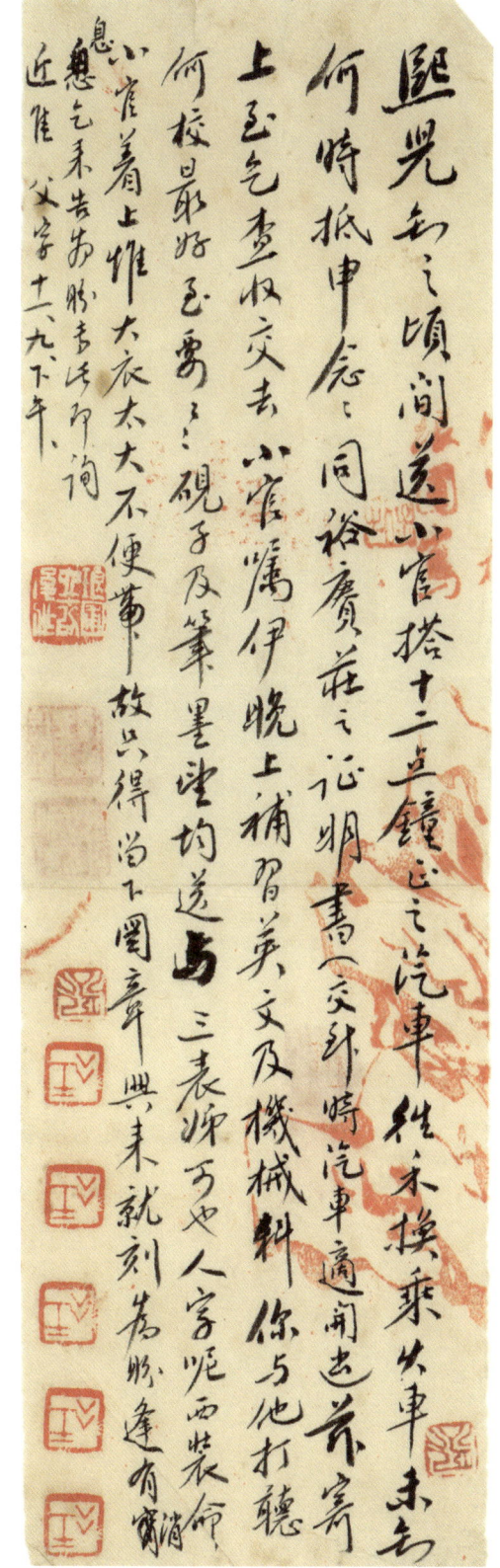

熙儿知之：顷间送小官，搭十二点钟正之汽车往禾，换乘火车，未知何时抵申，念念。同裕赓庄之证明书（交到时汽车适开出）兹寄上，至乞查收。交去小官，嘱伊晚上补习英文及机械科。你与他打听何校最好，至要至要。砚子及笔墨，望均送与三表姊可也。人字呢西装，命小官着上，唯大衣太大，不便带，故只得留下。图章兴来就刻，为盼。逢有消息，乞来告为盼。专此，即询近佳。父字。十一、九、下午。

熙儿知悉：前复一信，亮（谅）早收到。前日至启泰昌许志成晤见云划款信昨日接，当即领到洋叁万元，再卖去旧报纸念（廿）斤每斤四百元八千元，即去买冬米五斗，计洋三万三千元，因稻柴已烧完，欲要买一担，但价要五千多元一担，所存不够，故近日拷去旧台子一只以作燃料，故特走笔告明，倘有想法，乞即汇下若干为盼。物价仍然天天高涨，闻饭米要八九万元一石了。近日家中伙食天天豆腐与菜，豆腐今日一百元只两块，真如何办法。今日起学校内放春假，连礼拜四天，熊儿尚未回来，大约因天雨所致，许文远未知春假返家否？你未知回来否？专此，即请日吉。父字。四月二日。

你的中学毕业文凭证书及戚其祥出之聘书，前日余理书时已见了，夹在一本书里头，仍应邮汇局信封套着，大约当时发还来，你将书中一夹就忘记了。

大儿知悉：今接廿五发来信，并汇票七十二元，当即去如数领到，即往东门外马访梅舜华之父行中购得黑市价四十九元一石团尖白米，余即探听其搬运出申办法。据云，前几日极容易，可由轮船出去，今日起已严禁出去。据云，稍停三五天，风头过去，想可成工也。局中倘要购办，须早日来购，因黑市价天天增加上去，余前三天听到黑市米四十元，不想今日要近五十元，步步高升，真吃不消。倘你回来时，带些牛肉来，因上海牛肉好，未知牛肉购得到否？此复，即询近好。父字。十月廿六号。

你之大衣早已洗好，洗工八角，回来时糖与肥皂勿要忘记带回，因家中糖已经吃完了。

熙儿知之：月之六号汇来叁万元，早经如数领到，购出饭米五斗，并草草过出一节（因前七月半无钱，迟至后七月半，又兼汝前母闰七月十六忌辰，又且伊去世，至今年适正三十周年），余未落续家用，现已用罄，致特走笔通知，望即汇下若干，以资接济，万勿延迟为要。八官近时身瘦异常，饭食少进，故前日同伊至茅拔处，请他诊治。他听筒听来似像肺弱，宜吃鱼肝油及猪肝等，但近日钱少，鱼肝油未购服。熊儿前日起患寒热，隔一天来，昨日来第二次，今日仍去上课。伊说课本已到，惟价目尚未定出，定出后又是一笔整数出款。焖儿处前去信，嘱伊寄钱，前日只汇来三千元，一用就完，奈何奈何。你近时少来信，为父母者时时盼望，究竟你现在工作忙否？每天工作几小时？星期休息否？现在待遇与前是增是减？务祈来信告我为盼。宝宝此学期不读，在家帮母作家事，惟懒惰异常，汝母仍不能休息也。专此，即询近吉。父字。九月十九号。

潘琳致潘振节

父亲大人膝下敬禀者：前接手谕，并扇子、画笔、翠环均早收到。翠环已问过寿甥，据云银子涂金，连攘（镶）工约要三四元，不如购一攘（镶）就者，是假宝石，亦只三元足矣。儿嘱其取来看后再定。近日因攘（镶）就者未出，作故未捐来也。兹有丁君子裘要求大人画册页一页，山水人物随便，只要依图画意。此图儿几年前亦画过，伯父亦画一页，现在琪弟亦画一页，均人物。其图现在已积七十余家，山水多，拟欲配成一百人，故吹嘘其百梅云樵各画一页，兹将素纸寄上三页，以速为要，就后各人付润格一页，前途必依格而送。在儿身上，不谓脱空，祈转致范、徐可也。倘能半月成工最好。儿近日画扇件，甚气闷也。单长衫买了一件，计十二元。华丝葛夏长衫已剪了一件，料七元，白夏布已去做矣。尚买一段零头，比我之长衫料少粗，须计洋三元，买成兹特寄上，望掷与六妹做衫裤，不知着否？家中所买之府绸，究竟不去染如何，现在已做试否？再附上□扇面一页，求大人画人物，只要单人物，款写东山。称其先生可也。是儿送他，望速即一画，就即寄为要。专此，敬请金安。儿琳百拜。六妹均此。小暑日晚。

第二通

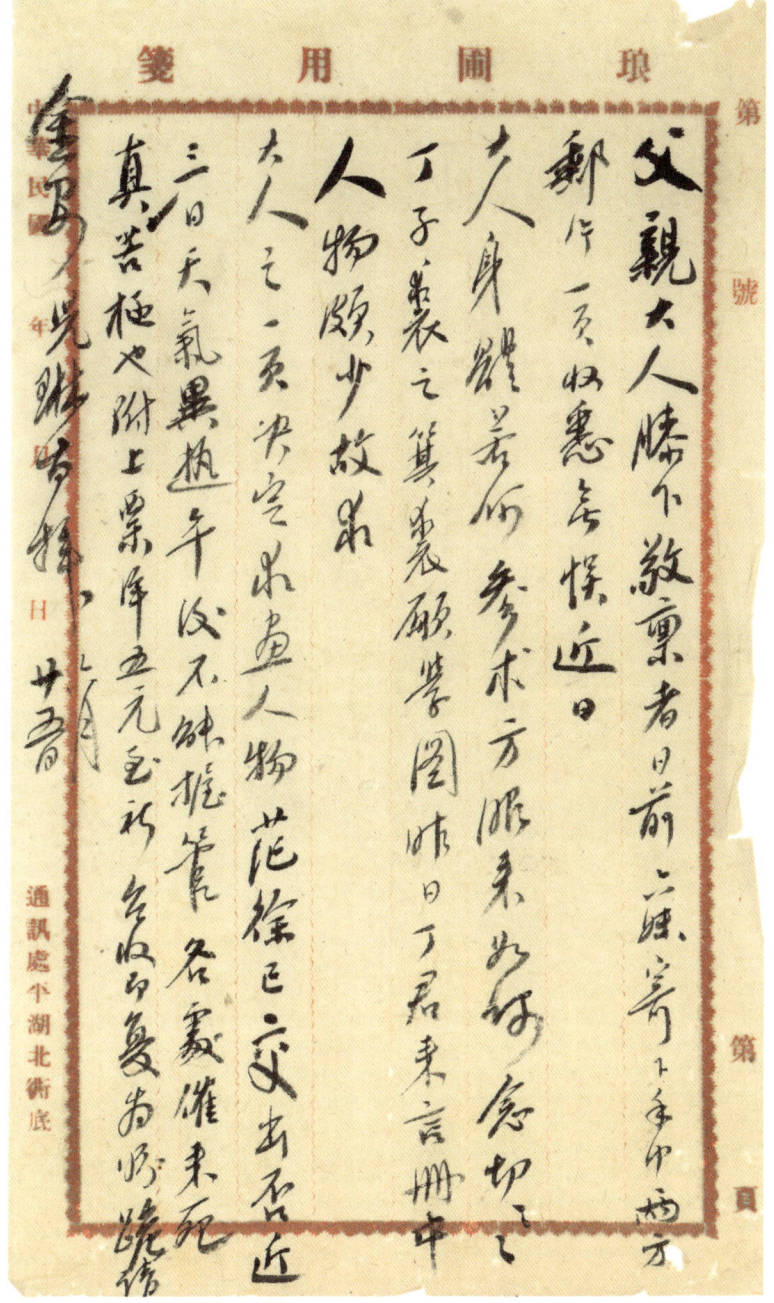

　　父亲大人膝下敬禀者：日前六妹寄下手巾两方，邮片一页，收悉无误。近日大人身体若何？参术方服来如何？念切念切。丁子裘之《箕裘愿学图》，昨日丁君来，言册中人物颇少，故求大人之一页。决定求画人物，范、徐已交出否？近三日天气异热，午后不能握管，各处催来死真苦极也。附上票洋五元，至祈台收，即复为盼。跪请金安。儿琳百拜。六月廿五日。

潘琳致潘振节　009

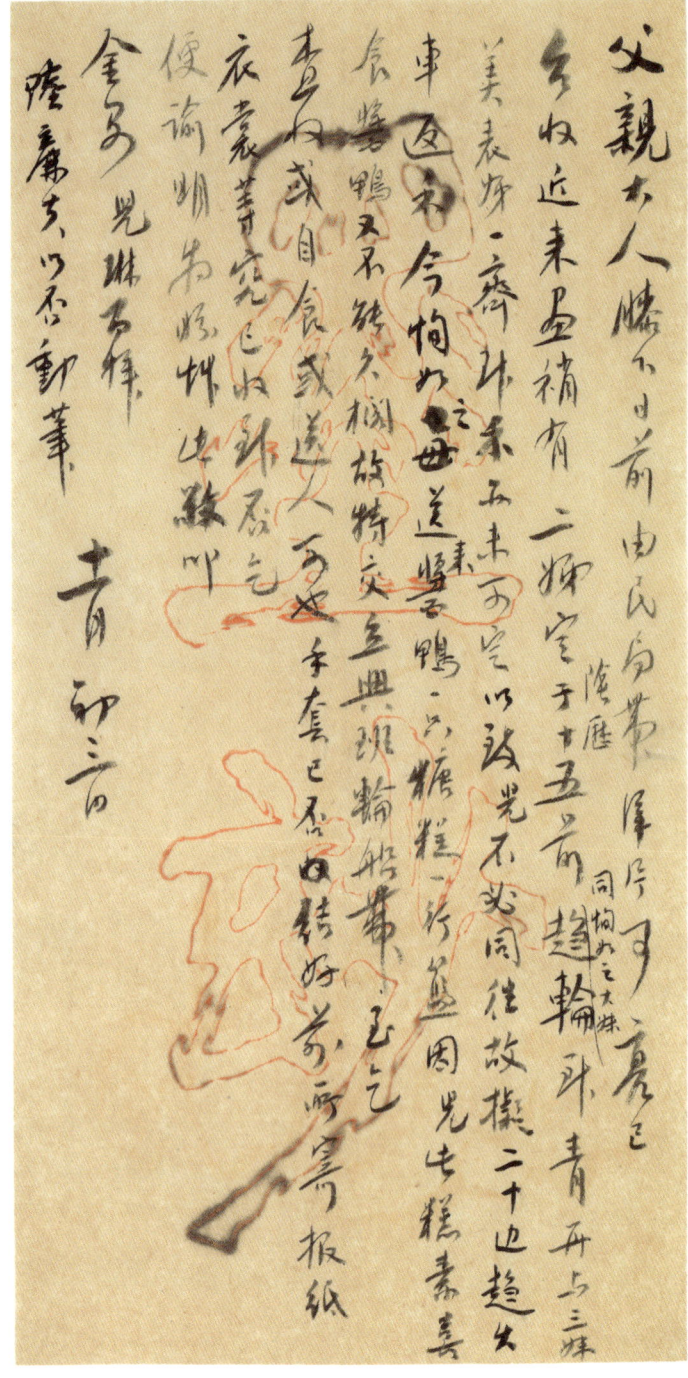

父亲大人膝下：日前由民局带洋片，可亮（谅）已台收。近来画稍有。二姊定于阴历十五前同恂如之大妹趋轮到青，再与三妹、美表姊一齐到禾亦未可定，以致儿不必同往，故拟二十边趋火车返禾。今恂如之母送来酱鸭一只，糖糕一行篮，因儿此糕素喜食，酱鸭又不能久搁，故特交立兴班轮船带至，乞查收，或自食，或送人可也。手套已否结好？前所寄报纸、衣裳等究已收到否？乞便谕明为盼。草此，敬叩金安。儿琳百拜。陆廉夫以否动笔？十一月初三日。

第四通

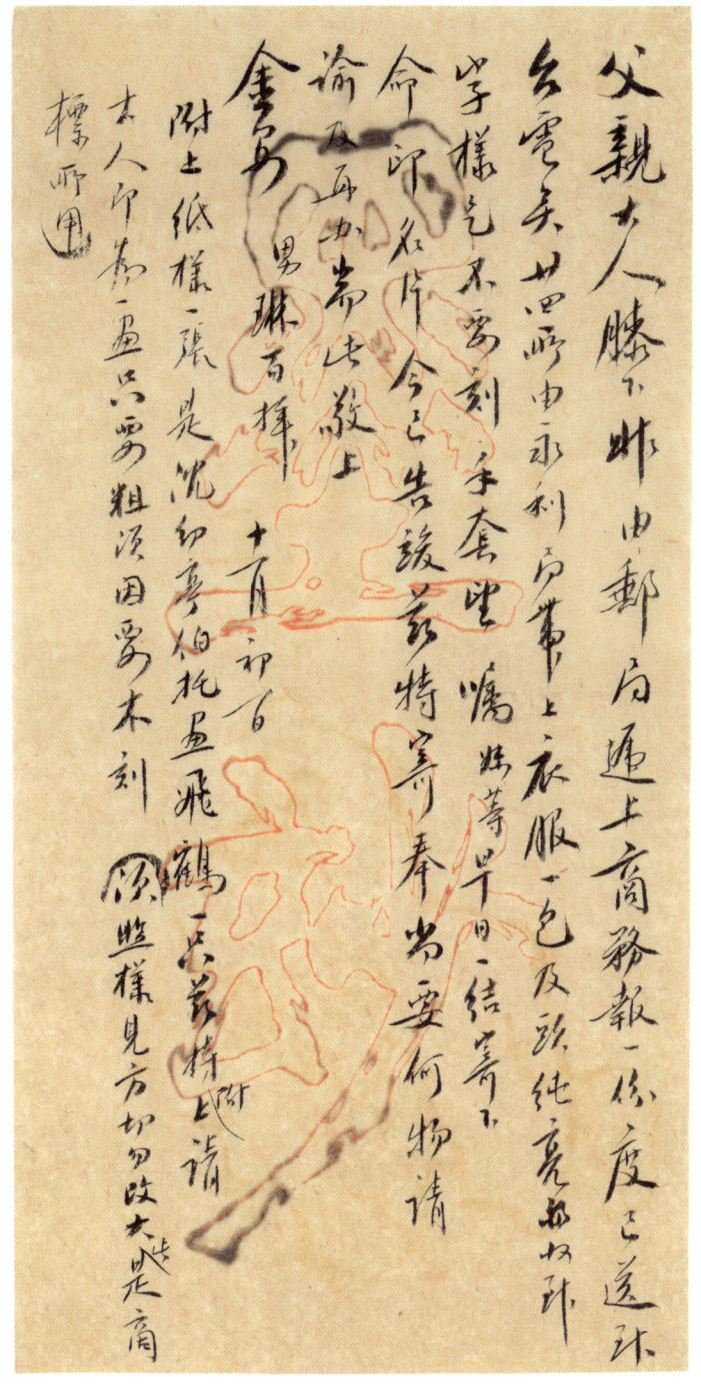

父亲大人膝下：昨由邮局递上《商务报》一份，度已送到台庐矣。廿四所由永利局带上衣服一包及头绳，亮亦收到，字样乞不要刻手套，望嘱妹等早日一结寄下。命印名片今已告竣，兹特寄奉，尚要何物，请谕及再办。专此，敬上金安。男琳百拜。十一月初一日。

附上纸样一张，是沈幼亭伯托画飞鹤一只，兹特附上。请大人即为一画，只要粗，须因要木刻（须照样见方，切勿改大，此是商标所用）。

潘琳致潘振节　011

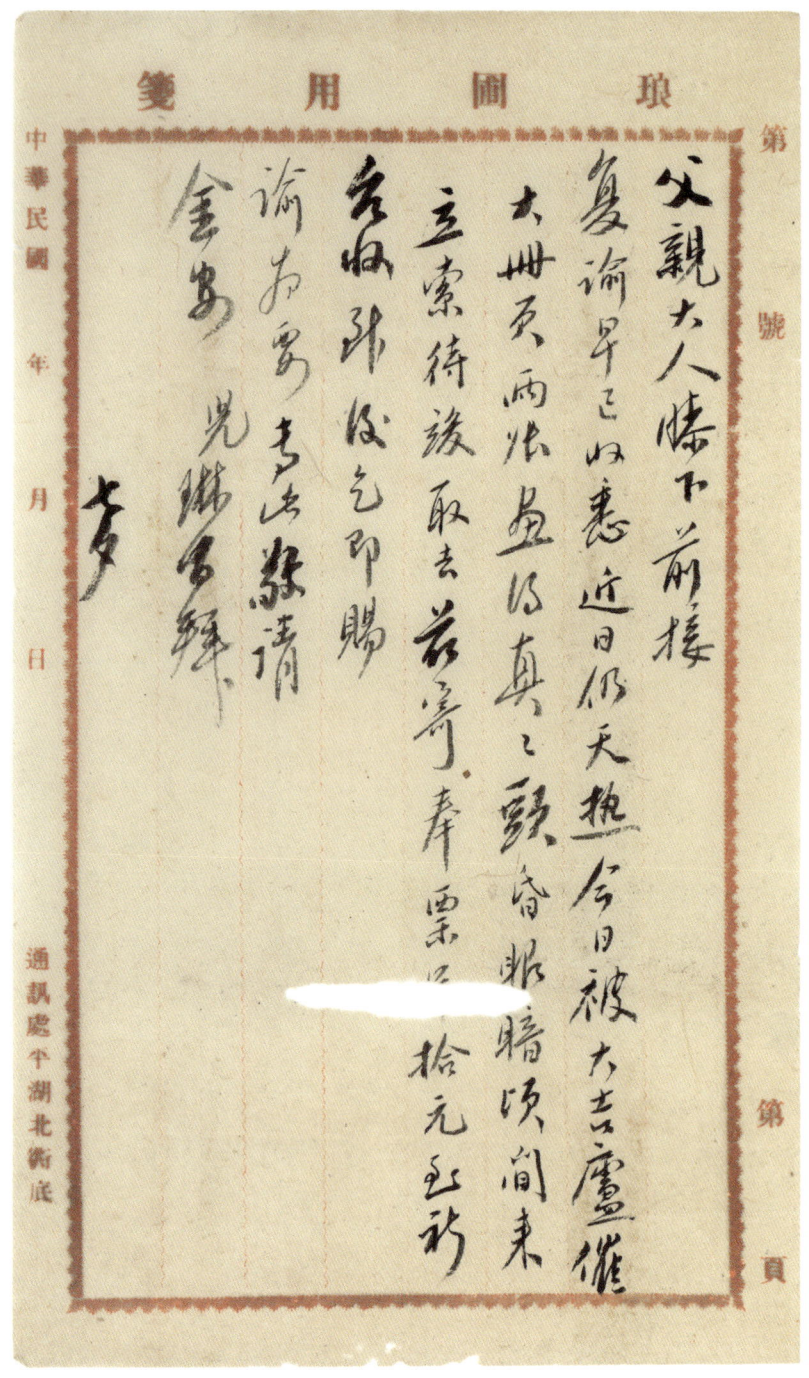

父亲大人膝下：前接复谕，早已收悉。近日仍天热，今日被大吉庐催大册页两张，画得真真头昏眼暗，顷间来立索待竣取去，兹寄奉票洋十元，至祈台收到后，乞即赐谕为要。专此，敬请金安。儿琳百拜。七夕。

第六通

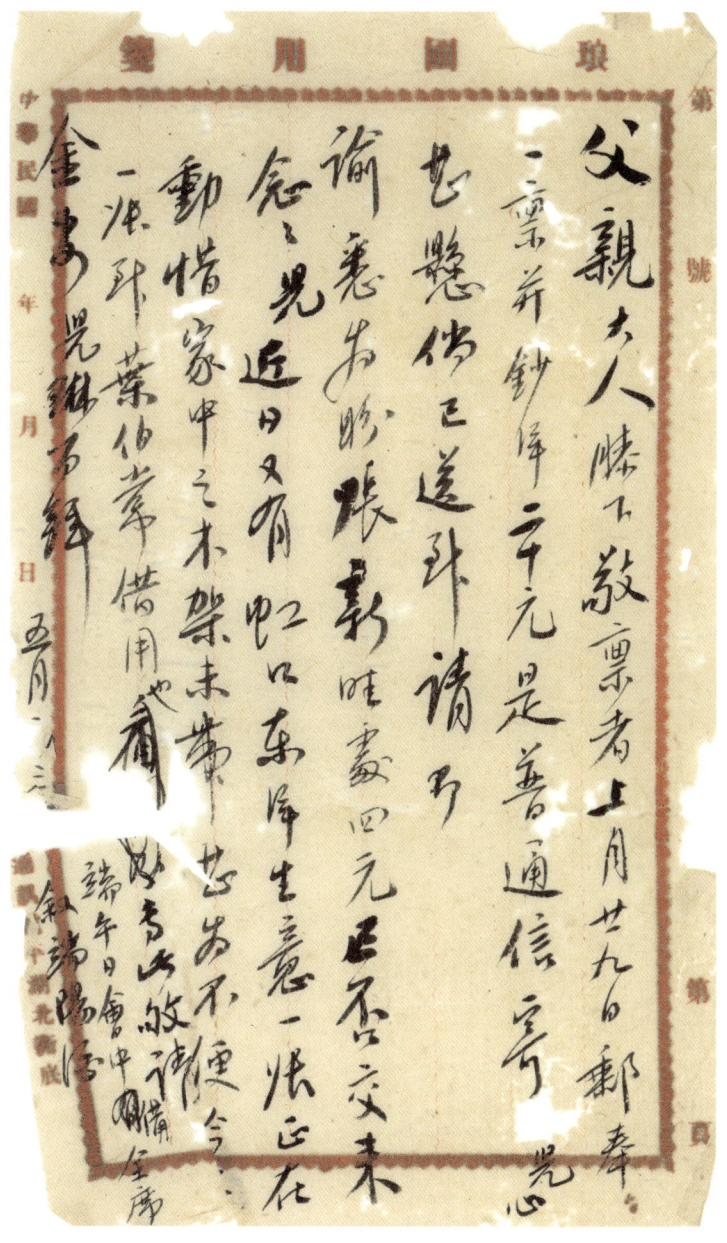

　　父亲大人膝下敬禀者：上月廿九日邮奉一禀并钞洋二十元，是普通信寄，儿心甚悬，倘已送到，请即谕悉为盼。张新畦处四元已否交来？念念。儿近日又有虹口东洋生意一张正在动，惜家中之木架未带，甚为不便。今□一张到叶伯常借用也。专此，敬请金安。儿琳百拜。端午日会中备全席，叙端阳酒。五月□三。

父亲大人膝下敬禀者：天时忽晴忽雨，想访友殊多不便，现定何日归期，至念至念。像件皆来催迫，逸仙欲来看面最好。事竣早订返期为盼。日前景孟处儿携二十个去，看伊面孔尚露有不悦之状，后云暂应十个，则可暂时，临送出门尚云暂字，真莫怪（怪）其然也。近日家中另外进款无有，惟颂和送乙元四角耳。郭寄老之志书已问过否？零买成工否？每本要若干，请问明或先邮片通知。徐三唐生年卒年伯父知否？或询郭氏能详亦未可知。专此，敬请金安。儿期琳百拜。兹寄上绵袍一件，至祈查收。九月十六日。

潘琪致潘琳

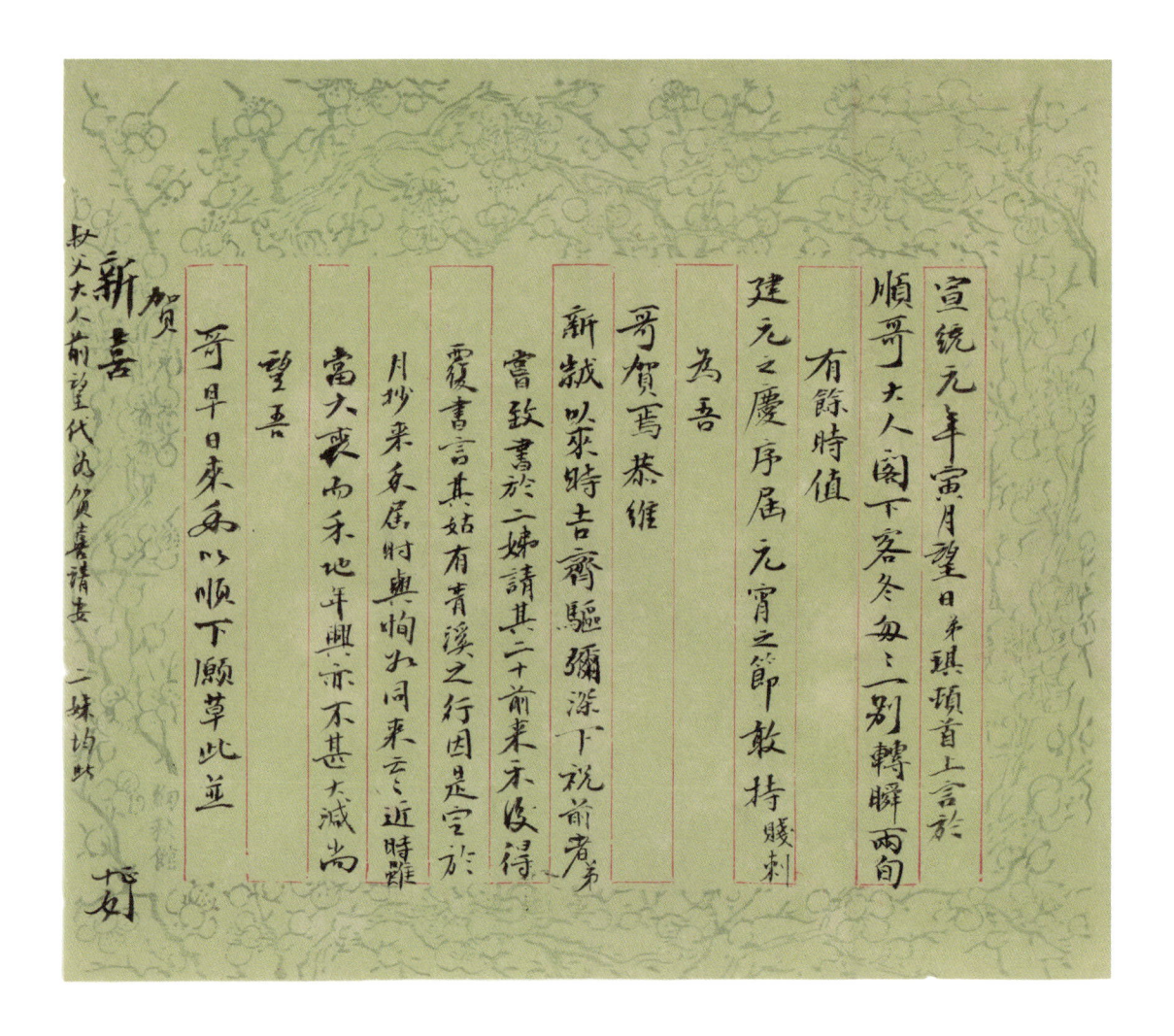

宣统元年寅月望日，弟琪顿首上言于顺哥大人阁下：客冬匆匆一别，转瞬两旬有余，时值建元之庆，序届元宵之节，敢持贱刺为吾哥贺焉，恭维新岁以来时吉齐驱弥深下祝。前者弟尝致书于二姊，请其二十前来禾后，得覆书言其姑有清溪之行，因是定于月杪来禾，届时与恂如同来云云。近时虽当大丧而禾地年兴亦不甚大减，尚望吾哥早日来禾以顺下愿。草此，并贺新喜。正月十五。

叔父大人前望代为贺喜请安。二妹均此。

第二通

琅哥手足：别来数旬，颇深驰想，锁事碌碌，致疏音耗之通。我校本定阴历十六放假，后因风潮延至二十，现已放假一星期矣。而萧斋怅坐，形影相吊，既谙韵事，益觉增愁，虽间来不速，亦鲜知己之谈，拟借游览以舒积郁，则又旭日如蒸，阻我佳兴，欲凭丝竹以解长愁，则又乏知音之和，每忆丰仪，频生向往，曾记前有暑中来禾之约，今其期矣，毋囗余面叙。草此，即请近安。弟琪顿首。

叔父大人前乞代请安。前扇面已接到。

顺哥大人如见：昨奉惠片敬悉。一是所遗画件昨日午前已交全盛局寄上，想已早蒙捡收矣。顷十句钟到船埠，松甥适已登岸，因即送往乌镇班船上，并嘱其路上小心等语，看开轮后，弟始返家，谅无他虑，勿念可也。尚有烟嘴一只，昨日匆忙未及并寄，兹即附奉。此复，即颂研祺。并请叔父大人金安。六妹均此。弟琪谨复。

第四通

琅哥如见：前闻吾哥之讯，不胜快慰，惟驾禾之日，适弟爱绘事赴校，致不获晤谈片刻，以叙阔别之情，斯为憾耳。日来在平作何消遣，想经年离绪，已先与当湖旧雨罄道无遗矣。刻下暑假伊迩，弟校务将次告终，拟请吾哥来禾一叙，务祈早日驾临，千万勿却为幸。前所寄奉之须眉五尺□稿，未知已否带回？如已带回，乞便带下，或先由民局寄下为要，因弟方待用故也。再吾哥处如有工细旧稿，无论须眉或仕女或有图名者，亦请带下数种，匀后即当奉赵也。叔父大人回平后，福体谅必康健，过庭时乞为请安。三姊在平想亦平安，两甥亦必平顺，念念。余面叙。专此，并颂近安，弟琪谨上。五月初九日。

上海二姊处通信否？被面等件曾否寄来，祈转讯三姊，又及。

顺哥大人手足：顷奉手书，藉悉一切，帖子即日去印，所有平地应分者，弟照送讣时开上，但其中有客气者，弟拟不必多此一举，故上面注点，还请吾哥斟酌示明，其余望填明地址，以便邮寄。又上海诸人地名望一并开上，弟拟印就后先由禾地寄去，似为合礼也。二姊处今日来复，言苏州店中已由上海吴云坡先生去信说妥，仍可进店，嘱弟通知寿甥，令其于初七日搭早班轮来禾，在东门相候，二姊亦于是日来禾同行赴申，不可有误。至弟所托之事，则并不提及，想是别人写信不便说明，须俟至申面谈矣。弟今拟亦在初六七出申，此行不过旬日之留，十八九内即须回禾，届时务请吾哥及六妹早日来禾，因弟处内外均少人照顾也。此请研安。弟制琪手启。六妹均此。

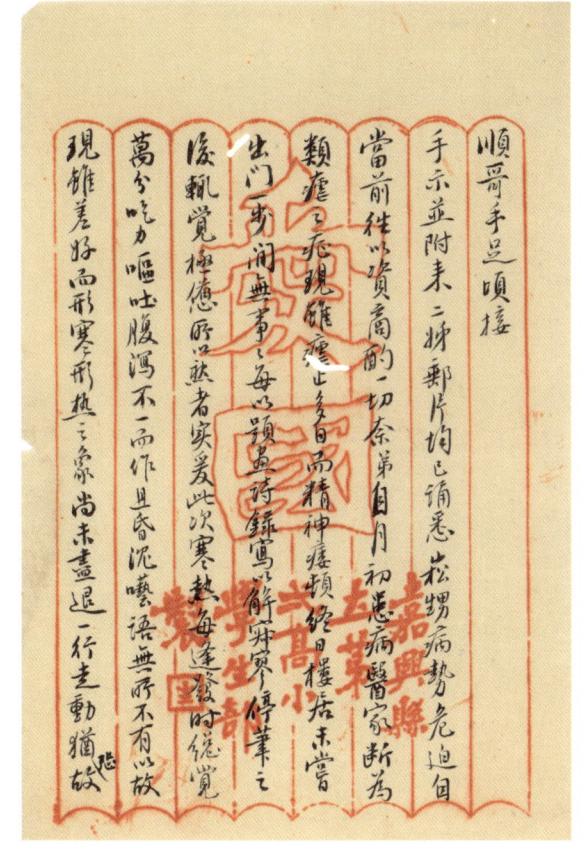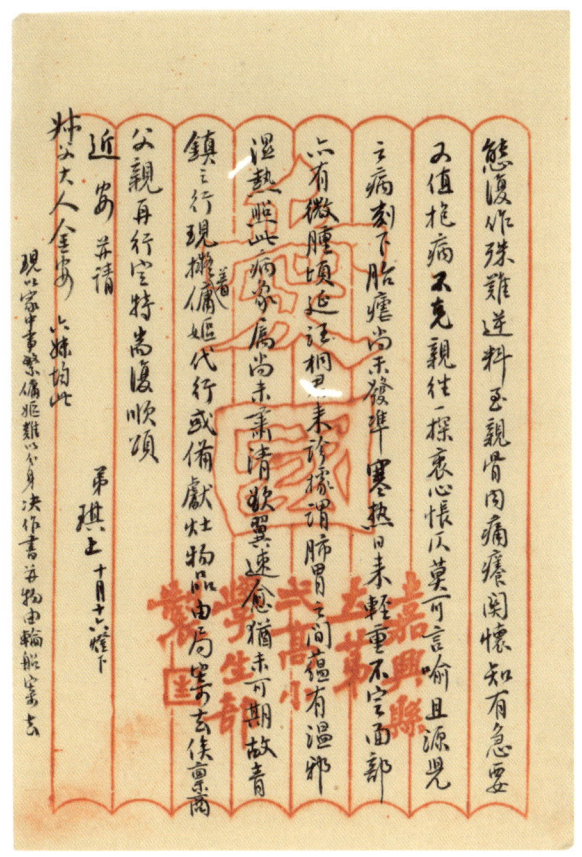

顺哥手足：顷接手示，并附来二姊邮片均已诵悉。崧甥病势危迫，自当前往，以资商酌一切，奈弟自月初患病，医家断为类疟之症，现虽疟止多日而精神痿顿，终日楼居，未尝出门一步，闲无事事，每以题画诗录写以解寂寥，停笔之后辄觉极惫，所以愁者，实爱此次寒热每逢发时，总觉万分吃力，呕吐腹泻，不一而作，且昏沉呓语，无所不有。以故现虽差好，而形寒形热之象尚未尽退，一行走动，犹恐故态复作，殊难逆料。至亲骨肉痛痒关怀，知有急要，又值抱病，不克亲往一探，衷心怅怅，莫可言喻。且源儿之病刻下胎疟尚未发准，寒热日来轻重不定，面部亦有微肿，顷延汪桐君来诊，据谓肺胃之间蕴有温邪湿热，照此病象属尚未肃清，欲翼速愈犹未可期，故青镇之行现拟着佣妪代行，或备献灶物品由局寄去，俟禀商父亲再行定特（夺）。专复，顺颂近安，并请叔父大人金安。六妹均此。弟琪上，十月十六灯下。

现以家中事繁，佣妪难以分身，决作书并物由轮船寄去。

琅哥如握：前呈尺素，想早蒙俯瞰矣，何无片鳞寸羽之答，我得非无暇及此耶？抑已付洪乔耶？禾中之行期已定未？弟日夕翘盼。踵迹杳然，斯何故欤？暑中精神困惫，书述为艰，诸俟面陈。哥处扇面用之小图章有否？（不在石之佳否，但求适用而已。）如有，望镌赐一二方为感，篆法须择趣者。草此，顺讯遭遇，不一。琪上。

叔父大人前祈代请安。附呈陆君一函并祈台阅。

第八通

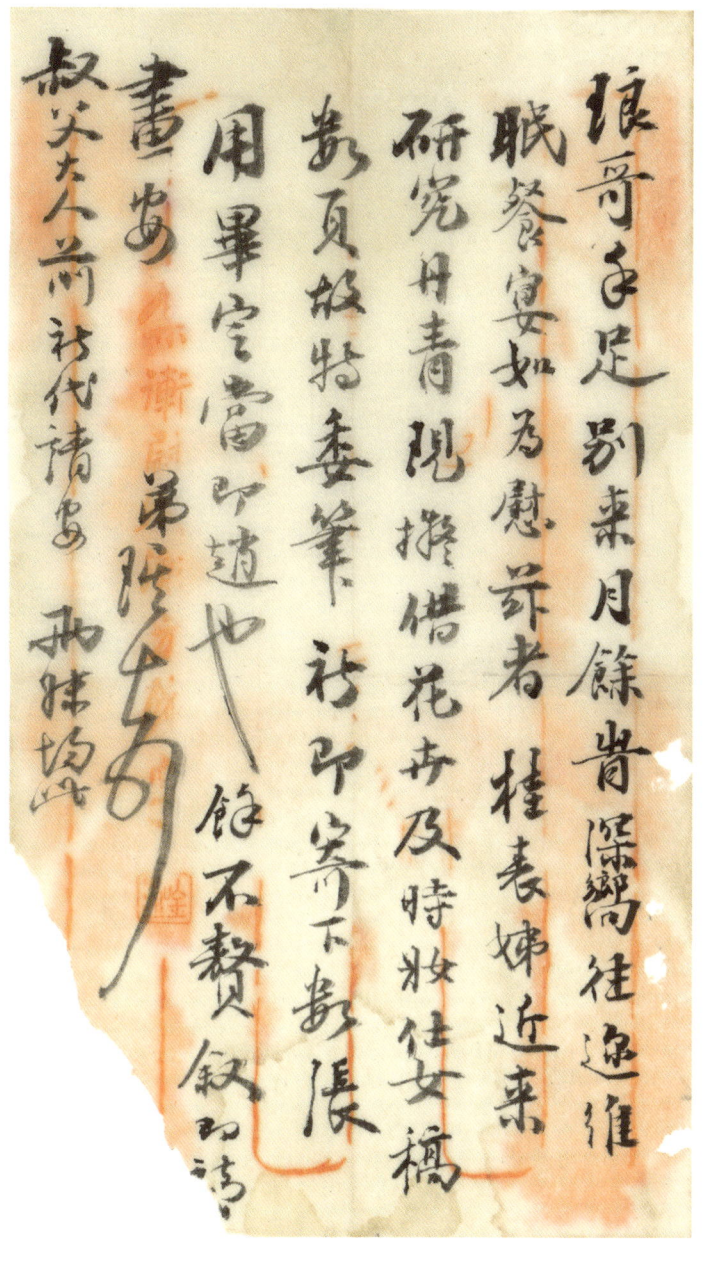

琅哥手足：别来月余，时深向往，迩维眠餐宴如为慰。兹者桂表姊近来研究丹青，现拟借花卉及时妆仕女稿页，故特委笔祈即寄下数张，用毕定当即赵也。余不赘叙，即请画安。弟琪顿首。叔父大人前祈代请安。两妹均此。

琅哥惠鉴：多日未通音信，念念。兹者景孟兄罩衫刻已织就寄奉，即希转致为要。再者吾哥处间壁徐宅闻尚空一楼面，现三姊拟作分炊之计，而禾地苦无适当房屋，因思及此，望与徐面商可否？均祈示知为要。又嘱转讯，六妹手套如已打好，乞从速寄下，因天气渐寒也。草此，即颂日祺。弟琪上。叔父大人前请安。六妹均此。

第十通

琅哥如见：前接来信并附兰叔祖一信及邮片均已转奉。昨兰叔祖来言及已往朱宅去过，奈固亭适已他出，致未晤面耳。三姊昨日来禾，美表姊约在初八九来禾，惟三姊现因既系送亲来禾，亦拟当日道喜，故不及来平矣。其红缎被面因票已失去，又恐已经满期，故不克如愿。刻下零散物件不知尚少何种，乞开列数件，以便禾地购买。至亲骨肉无须客气也。叔父大人病体近日谅已渐次复原矣，草此□日安。弟琪上。

第十一通

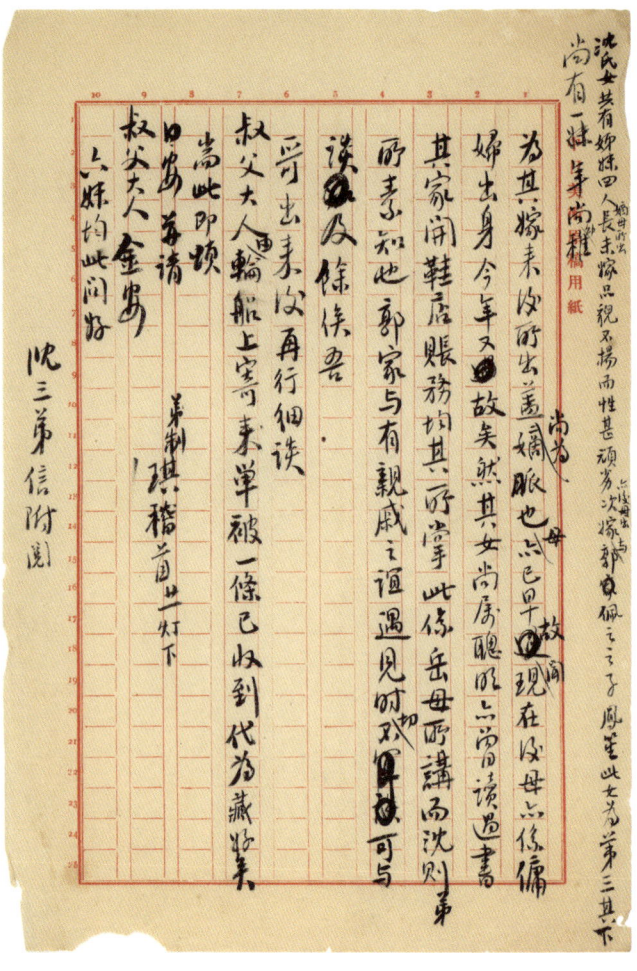

顺哥大人手足谨启者：弟于十九日下午快车出申，昨夜得斋敬轩等回沪，悉吾哥已由嘉兴搭轮返平，现在叔父大人福体不识已得复原否，念念。所云报馆一事，弟当晚抵沪，已在七点余钟及进城到寓，整理卧具，又出去夜膳后已有十时光景，遂不及往看病崔矣。及翌晨即去接洽，闻前两日已由谢姓者为弟代庖，及至晚间病崔即领弟前去服务。但该报馆开办伊始，诸事杂乱无章，校对之件虽不甚难，大约□做去不过一二小时，即可毕事，无如编辑部发出稿件□，稿家按时寄到，如外部各县新闻以及专□后方。得斋集（寻常一定如是，即别家报□也），刻下诸务纷乱，更多停滞，故昨晚自十点后起直校至五点钟方得完毕（同为校对者，另有四人亦然如是），弟此时事虽告竣，然而万不能回寓，只得坐以待旦耳（印刷所中地方窄小并无床铺），及问其日后归整时刻后，则亦非两三点钟不了也，即另外设与同事中相商间日轮替，则校对本地新闻较为早些，总要在十二点后轮值之夜，校对他件则仍须两三点钟。弟想即十二点后回寓已属太晚，况轮值之夜乎？夜间如此一晚，日间画件必受影响。且弟日间不能睡着，如此赶去，非但画件不能多出，即弟之身体不免过于辛劳，故病崔已嘱弟向汪吉门辞去，今晚起弟已交卸不往矣。吴沈两家八字，弟已托沈三弟打听，兹已得其回信，看来人品尚好，惟系庶母所出，其母初曾为沈氏仆妇，而吴姓者其父即□□堂司事者，亦甚不讲规矩，嫡母早故，续聚者为醮妇女，沈氏女共有姊妹四人，长未嫁嫡母所出，品貌不扬而性甚顽劣。次嫁与郭佩之之子亦后母出，凤笙此女为第三，其下尚有一妹，年尚幼稚。为其出嫁来后所出，盖尚为嫡脉也，母亦已早故，闻现在后母亦系佣妇出身，今年又故矣。然其女尚属聪明，亦曾读过书，其家开鞋店，账务均其所掌，此系岳母所讲，而沈则弟所素知也。郭家与有亲戚之谊，遇见时切不可与谈及，余俟吾哥出来后再行细谈。叔父大人由轮船上寄来单被一条，已收到，代为藏好以矣。专此，即颂日安，并请叔父大人金安。六妹均此问候。弟制琪稽首，廿一灯下。

沈三弟信附阅。

琅哥如见：今晨一别，午刻抵禾，因物件过多不能自带，只得雇车回家，一切平安，勿念。陆宅已有回音，据云已曾商定，如吉期须在年内，即在九月亦无不可，望转禀叔父大人，议订再行函示可也。父亲自弟来平之翌日即觉身体不适，仍系寒热咳嗽等症，曾延骏八诊视，服药后无甚见效，现虽略减，然尚未全愈也。专此，即颂日安。弟琪上，初七晚。

叔父大人前请安，三姊两妹均此。珍珠塔遍觅不见，或已借出，容俟寻着再寄。

顺哥大人手足：前接自禾发来手书，悉吾哥亲事已行安心礼，甚慰。沈隽翁为人和蔼可亲，家教必自有方，将来过门，定卜伉俪同心，诚为良好美满之姻缘也。至与朱家合居一层亦颇妥洽，弟本有请吾哥迁至我家同住之意，所以未便启口者，一则亦是吾哥之意，恐其将来或有发生意见，反为不善，弟妇性情，弟实无法感化，照现在情形，彼之意思欲邀吾哥合住者，因用人可以两家合僱，不过想省去一注开销也，此说据理而论尚无坏意，但彼之使唤用人，弟亦习见，无事生有，总欲不令有空，从无体恤辛劳之意（所以用人每每不常，弟亦时时开导，无奈总不肯改），倘或两家合用而彼使唤不停，致吾哥家反不便使唤，亦属讨厌。现在既不同居且置缓论，还有一说，刻下两家均有先人灵座，俗例一门不可设两灵座，你我合居不比他姓可以另立祖契之法以解破此例，故弟刻下暂不招吾哥同住，一俟今冬先父除灵后，明春当再商酌。现想吾哥早已回平迁居，吉日未知已选就否？如可，即日搬去，诸事妥置后，还望早日出申为要。非特会中诸人望眼欲穿，催画者均在盼望，即弟亦甚望吾哥出来。弟近来因笔墨清淡，而除灵之事又近在目前（极迟十一月中），一切尚未预备，心中忧虑非常，他处无法可想，故极盼吾哥出来，或可与人相商，弟拟托吾哥向吉生设法或托其代售画件（弟前次带沪之书画各件均未销去），或捡值钱之画抵与吉生。弟总要得有的款，胸中方有把握，否则心乱不定，动笔精神因之不能提起，故望吾哥速来为弟解决为要。楼下开店礼，弟已代应，他山雅集今定十二日在本会举行，弟当为哥代表，其款已蒙病崔允垫（此次想省些，大约每份不过五六元之数）。会中今日（重阳）开展览会一日，参观者甚多，售去连寄件约四五十元，此次成绩尚好。林馨前又来过今日又来，说已晤吉生，其画已退还，洋亦领到，据说屡次往看唐吉生均未得见，大约吉生事忙不大在家，弟故嘱其在早上去看矣。得斋之立幅四张除吾哥、馥岩及弟各一张外，尚有忆椿一张，其纸未知吾哥已否交彼，望速示及，以便写信去催其速画。兹有日本梅泽来片，又荷兰银行虞君致百梅先生一信（大约是讨润格），特一并附上虞信，望即转致，余不琐叙，惟祈速赐一复为要，草此，即请日安。弟制琪谨启。六妹均此。五妹返禾后现定如何医治，亦希示及。

绂庭屏三条今已写好交来，但弟未知吾哥何日迁禾，恐防邮寄有误，故拟待吾哥回示再寄。桥本关雪近又来沪，今日到会，闻吾哥守制，颇致悲感之意，嘱弟代达唁诚。瘦铁将作当湖之游，或来访，哥亦未可定。顾翔生先生问及吾哥前与所借之陆廉夫（山水）、倪墨耕画（钟馗）之大扇面，未知吾哥带在平湖，抑留在上海，望即复。如在平望即寄来，在申放在何处，弟代捡出交彼。因欲求人临写也。

顺哥大人手足：上月曾奉一信并录诗稿如干首，未知收到否，月余未见赐复，殊为盼念。现交九月，想先叔大人辄帏之期早已选定，尚望即速示知，以便届时来平也。郭余庭处未识曾否去信，吾哥续鸾之吉已否择订，甚为念念。昨乌镇有人来，带下衣料一包，云系六妹托二姊所办，兹特赶先寄上，件到后请即一复，以免悬悬为盼。尚有熏豆一包，容弟来时带上，余面叙。专此，即请近安。六妹均此。弟琪谨启。重阳日下午。

第十五通

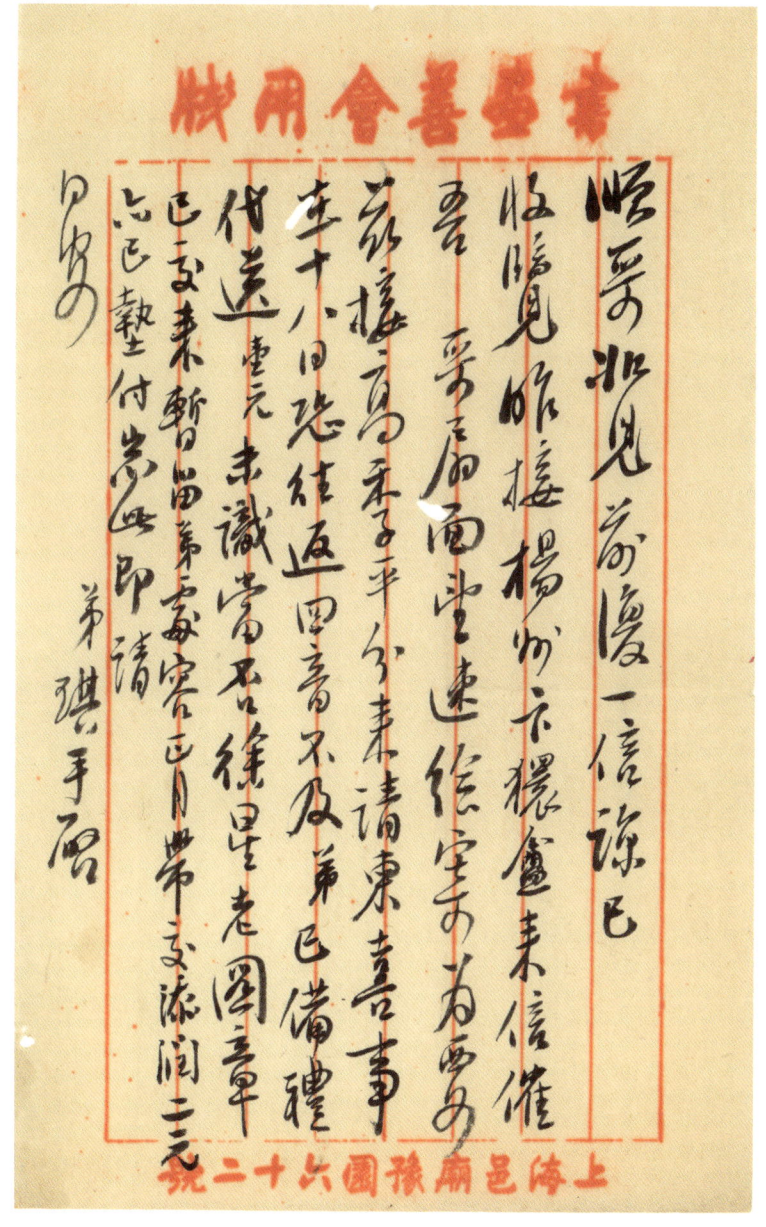

顺哥如见：前复一信，谅已收览。昨接扬州卞狷盦来信，催吾哥扇面，望速绘寄为要。兹接高季平分来请柬，喜事在十八日，恐往返回音不及，弟已备礼，代送一元，未识当否？徐星老图章已交来，暂留弟处，容正月带交，添润二元，亦已垫付。专此，即请日安。弟琪手启。

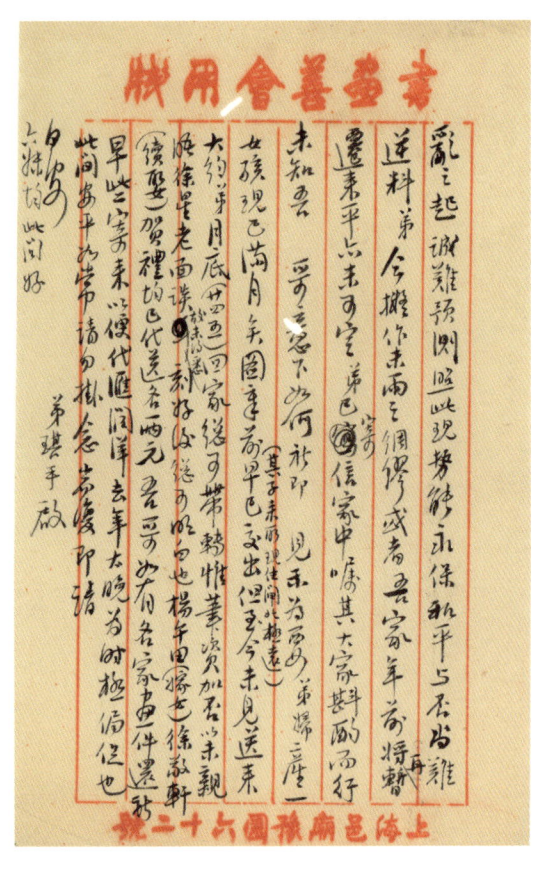

　　顺哥手足：顷奉来示已悉，叠来邮片及图章等均早已接到。曾复一信，并附寄景文制铜版、发票一纸计大洋捌角，如何犹未接到，殊为费解。至于家中，弟亦时常去信（昨得来信，悉有已接到者，有未接到者），想日来因战事影响，未挂号之平信颇多不送到，否则必多耽搁。即如吾哥此回来信，看封上是阳历元旦所发，而弟处直至今日五号午后方到，计已四日余矣。刻下战事已告结束，闻火车亦已通行，时局暂见缓和，但变乱之起，诚难预测，照此现势，能永保和平与否，当难逆料。弟今拟作未雨之绸缪，或者吾家年前将再暂迁来平，亦未可定。弟已寄信家中，嘱其大家斟酌而行，未知吾哥意下如何？祈即见禾为要。弟妇产一女孩，现已满月矣。图章前早已交出，其子来取，现住闸北，极远但至今未见送来，大约弟月底（廿四五）回家，总可带转，惟笔资加否，以未亲晤徐星老面谈，故未得悉，刻好后总可明白也。杨午田（嫁女）徐敬轩（续娶）贺礼均已代送，各两元。吾哥如有各家画件，还祈早些寄来，以便代汇润洋。去年太晚，为时极局促也。此间安平如常，请勿挂念。专复，即请日安。弟琪手启。六妹均此问好。

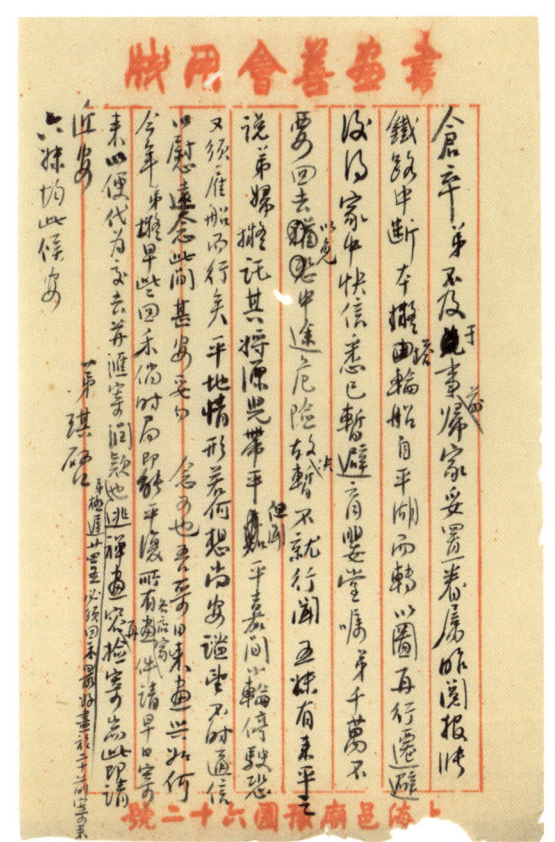

顺哥手足：初二日所寄邮片今午接到，承问请柬，系徐敬轩兄续娶喜事，在初六日，其礼二元今已送出，杨礼二元亦早已送出，勿念。两份共计四元，当于弟所该吾哥款内扣去可也（原欠八元，前曾代送一元，何家之礼或系杨东山家喜事，弟已失记，但确有此数，连今四元共扣五元，尚有三元，又除制版费大洋八角，尚余二元二角，日后面赵，不必俟润笔中还转也）。制版费八角附上发票，请交时君为要，至轮船钱弟已付出，区区小数，不必计较也。时局多故变乱柏循松，禾形势又见紧张，此番变起仓卒，弟不及于事前归家妥置眷属。昨阅报张铁路中断，本拟搭轮船自平湖而转以图再行迁避，后得家中快信，悉已暂避育婴堂，嘱弟千万不要回去，以免中途危险，故决暂不就行。闻五妹有来平之说，弟妇拟托其将源儿带平，但闻平嘉间小轮停驶，恐又须雇船而行矣。平地情形若何？想尚安谧，望不时通信以慰远念。此间甚安妥，勿念可也。吾哥日来画兴如何？今年弟拟早些回禾，倘时局即能平复，所有各店家画件请早日寄来，以便代为交去，并汇寄润款也。弟极迟廿四五必须回禾，最好画于二十前寄来。逃禅画容再捡寄。专此，即请近安。弟琪启。六妹均此候安。

顺哥大人手足：昨日午后发邮片一纸，未知收到否？顷接来示均悉。所云逃禅之画，弟无处不寻到，大笔海及多数纸卷中均未觅得，实在无法报命。莫君图章之印花，兹即附上，至希转交为要。封船之事，禾地亦然，拉夫则仅在回乡行之，城中并无惊扰，皆仗危知事维持之力耳。弟妇等早于望日回家，弟本拟仍令其偕儿辈先行来平，但现在轮船停驶，雇船亦属不妥，故只得暂不行动，此回因届年关，禾人迁避者无多，惟有且看其结局如何而已。此复，即请日安。弟琪手启。六妹均吉。

再者倘时局未能和平解决，新正轮船开班，弟又当挈家来平矣。又及。

顺哥大人手足敬启者：初三日发奉一函，谅早惠览矣。前日接手书并秀珠姊一信拆阅，悉系索取去年老根丧费（去年伊曾向弟说过，弟当时无钱，回说且俟来春再看，故伊又来催促），但弟刻下正属窘迫，如何得能应付，已写信去回绝矣。伊又欲邀弟趁一会，弟一期即欲发洋廿六元余，彼等眼光中不知谓弟有如何之进益也，可笑之至。昨由平湖汤家浜□昌栈发来请帖一分，具名为陆惟銎，十四为其女善沅于归沛国云云。不识惟銎也者固系何人，大约总是冠群或清臣。又席设上海五洲大药房，其分子是否要寄到上海，望一一示知，以便照送。弟所带之件未曾画完，尚须再缓几日出申矣。专此，即请日安。弟制琪敬上。诸同社先生前代为道候。

琅哥大人如见：前接手示并汪石君立幅一张，已收到转致矣，勿念。汪君得吾哥绘件，欣感不已，嘱先笔谢，容后图报。《七夕图》今秋曾见装池，中有吾哥所绘四尺中堂一张，其稿想是另外所起，前所求借之下半截，如无觅处，请即将此稿寄下补景有无任便。又五尺堂幅《别虞图稿》，如已勾出，祈即一并寄来为要，因弟急需故也。草此，即颂砚安。弟琪上。

第二十一通

顺哥大人手足：前奉一片，谅蒙收鉴矣。九华宝记之润款已由邮局汇到戏鸿、古香两处，弟亦曾去信催过，刻下犹未得复也。兹者汪石君兄嘱转，求吾哥代购万应疟疾丸半料，另开地址，请急速一办，此药需用甚急，见信后请即去买寄。买就后弃去匣子欲其轻便，仅存封袋套在信封内，由邮局寄至弟处为要，千万勿迟，其价如干，容由局寄或改日面赵。此请砚安。弟琪谨上。

第二十二通

顺哥大人手足：顷奉复示，敬悉。一是前来票洋早已收到。前书中亦曾带笔复明，或系吾哥未详察耳。锦云扇面既不在箱内，定在另一处。弟临归时虽带转两包，尚余一包在申，或置在暗处，未得望见之故，兹为时已属不及，可不必寄下矣。其绢幅一张，望吾哥出去算账时，为弟将其润取来。又九华堂曾画去扇面一张（去年之件，润只作一元），亦祈代为一取。兹又另外露封寄上石君所画戏鸿堂扇面两张，连前交过一张，共三张，其润一元五角，亦请取来，一并寄下为要。弟此间虽无账项，然零碎有几处（如药账、酒账及辍云阁）共约三元之数。刻下殊难敷衍，且节后又须籴米，弟出来时车费及代买紫毫笔等总总费用，故最好吾哥

顺哥大人手足顼东

复示敬悉一是，前来票洋早已收到，前书中曾带业海昭到或亦悉。哥未详察耳，锦云二屏画既不在箱内定在另一箱内，乞哥归时雌带稍两包尚馀一包左申或置左暗我内望见之，故敬为时已属不必寄下矣，其俏幅一张堂哥出去算账时为弟将其间取来又九华堂曾画去三屏画一张（去年之件润祇作二元）共衬代为一取兹又另外露封寄上石君所画戏鸿堂之两画两幅前亦过一件共三件其间一元

如可措办，望将石野处交来之七元中，除去前喜分两元及赏仆费两元外，所余之三元，亦暂搁下一用，以济燃眉，不胜感甚。石君怡春堂之五尺中堂，恐日上不及完工，因其功课甚忙，惟礼拜日可以动笔，倘得节前赶好，定当再行寄上也。弟本当早出，因去节不过此三四天，即出来亦无能为，故决定十六七来申矣。锦云屏幅两堂均去年之件，彼亦不甚催促，听之可也。专此，即请画安。弟制琪稽首。

寄洋时最要紧计算，务须节前递到，否则无以应账，邮汇寄费若干，零数中扣出可也。至要至要。

顺哥大人手足：前因汪石君兄嘱求代买万应疟疾丸，曾奉寸械，多日未见寄下，并无复示，甚为盼切。此信于廿一日傍晚付邮，计翌晨必可递到，是否局中失误，抑吾哥寄药后而失误，祈拨忙一复为要。顷又来说须即请买寄，因西药亦未见效也，该药在老学前仁记米行内毓和堂药号出售，相隔非遥，望即为一办为感，其价容弟面赵。仲小某花鸟扇面已画就，兹附上，至请察收。此信因欲从速，改由邮寄，扇面另寄露封。此请研安。弟琪谨启。

第二十四通

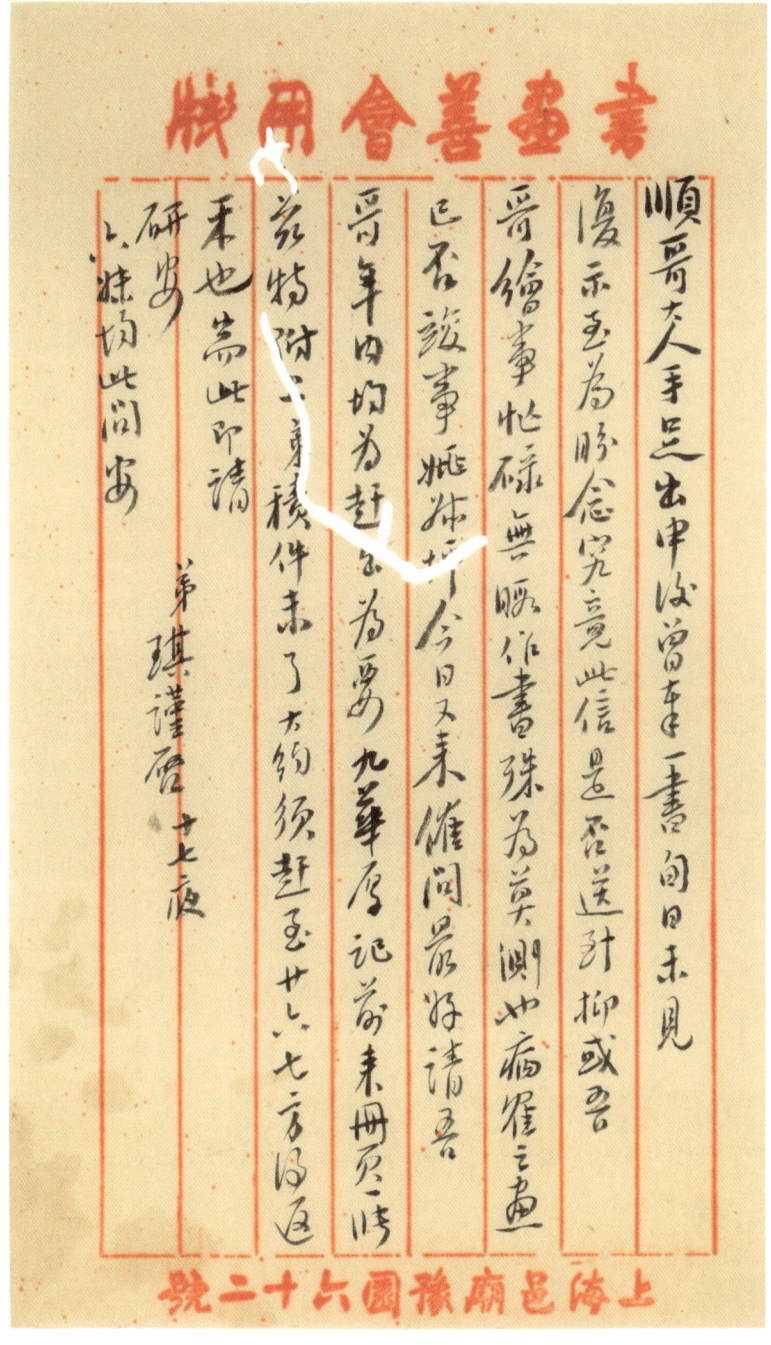

顺哥大人手足：出申后曾奉一书，旬日未见复示，至为盼念。究竟此信是否送到，抑或吾哥绘事忙碌，无暇作书，殊为莫测也。病崔之画已否竣事，姚叔坪今日又来催问，最好请吾哥年内均为赶出为要。九华厚记前来，册页一张，兹特附上。弟积件未了，大约须赶至廿六七方得返禾也。专此，即请研安。弟琪谨启。十七夜。六妹均此问安。

顺哥大人手足：廿一日寄上一信，谅蒙察阅。想画件忙碌未及复我耳，其信内中附有陈醉六先生及周冷吾君二函，如有遗失惟恐误二公事，故是否送到还祈赐示，以免悬盼也。今日接有艺圃贸易处代求册页一张，据云节前一定要取，兹特寄上，请即一画，务于初一二极迟寄下，润当代收寄平可也。专此，即请研安。弟琪顿首。六妹均吉。

九华厚记今日又来来催画，请从速。廿七夜又笔。此信昨晚写，今日不暇寄。

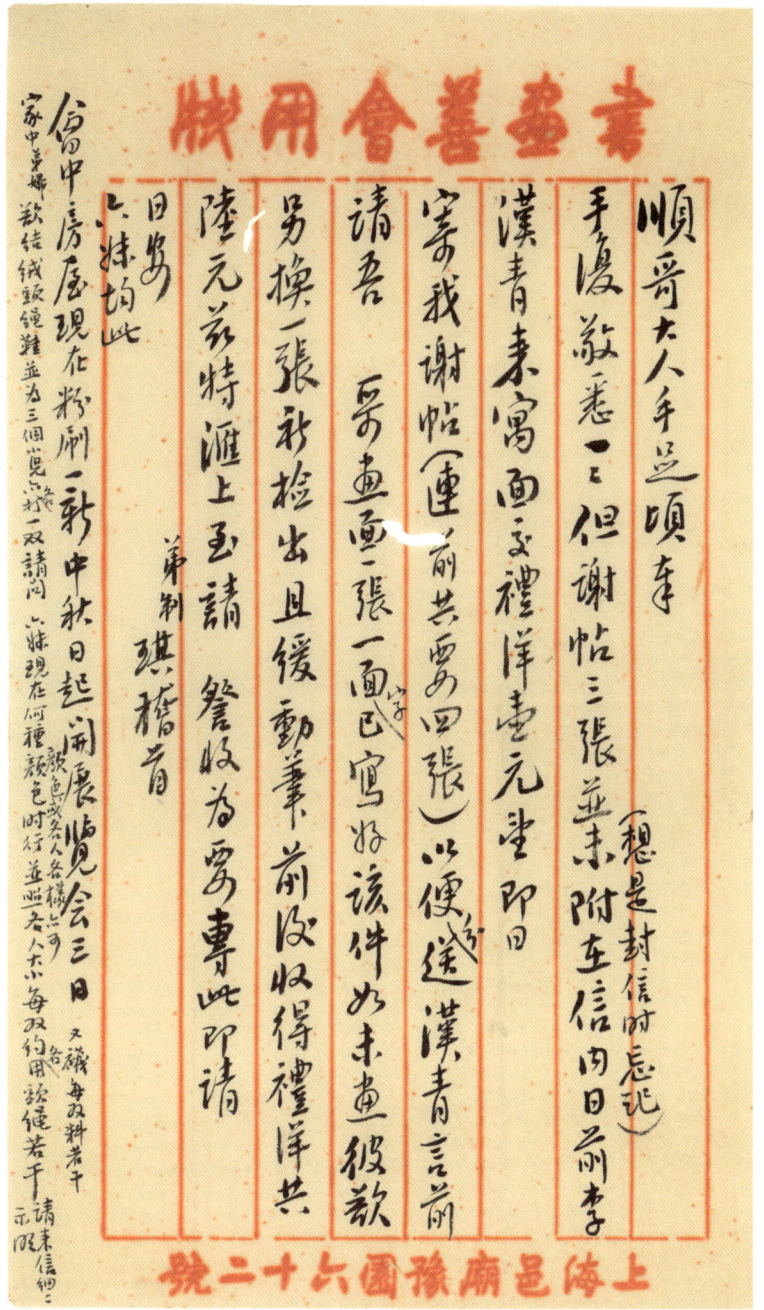

顺哥大人手足：顷奉手复，敬悉一一。但谢帖三张并未附在信内（想是封信时忘记），日前李汉青来寓面交礼洋一元，望即日寄我谢帖（连前共要四张），以便分送。汉青言前请吾哥画面一张，一面字已写好，该件如未画，彼欲另换一张，祈捡出且缓动笔。前后收得礼洋共六元，兹特汇上，至请察收为要。专此，即请日安。弟制琪稽首。六妹均此。

会中房屋现在粉刷一新，中秋日起开展览会三日。家中弟妇欲结绒头绳鞋，并为三个小儿亦各打一双，请问六妹现在何种颜色时行（颜色或各人各样亦可），并照各人大小每双约各用头绳若干，又袜每双料若干，请来信细细示明。

顺哥大人手足：前日接读来书，敬悉。一是弟自廿二日回禾，迄今☐致少动笔，只画成扇面一页、八尺寿屏一条而已，☐行，奈各处催信频来，故只得赶紧画些，十四日又要过☐日，又拟出申，所以不及如愿矣。辛酉学社展览会，弟回☐早已闻悉，想要画一小幅去陈列，无如亦来不及，只得作罢矣。初七日天气甚热，南湖未去，该会情形如何亦不得而知也。周氏寿礼、寿屏既无可加入，只得另送，但单独送无非对联或呢轴等，不知何者为宜，务请吾哥酌择相当代办一份。应须几何大约一元左右，来信通知可也，惟不可忙记，至要至要。吾哥近来画兴如何？初二日极盼来禾，拟同往炳若家一到，无如等至午后仍然不来，是日酷暑正炽，弟亦只好不去矣。弟妇欲求六妹剪新式鞋样现在是否时行有扣带者，儿辈鞋样如有最新式者，亦希附下一二个为感。专复，即请近安。弟琪手启。六妹均吉。

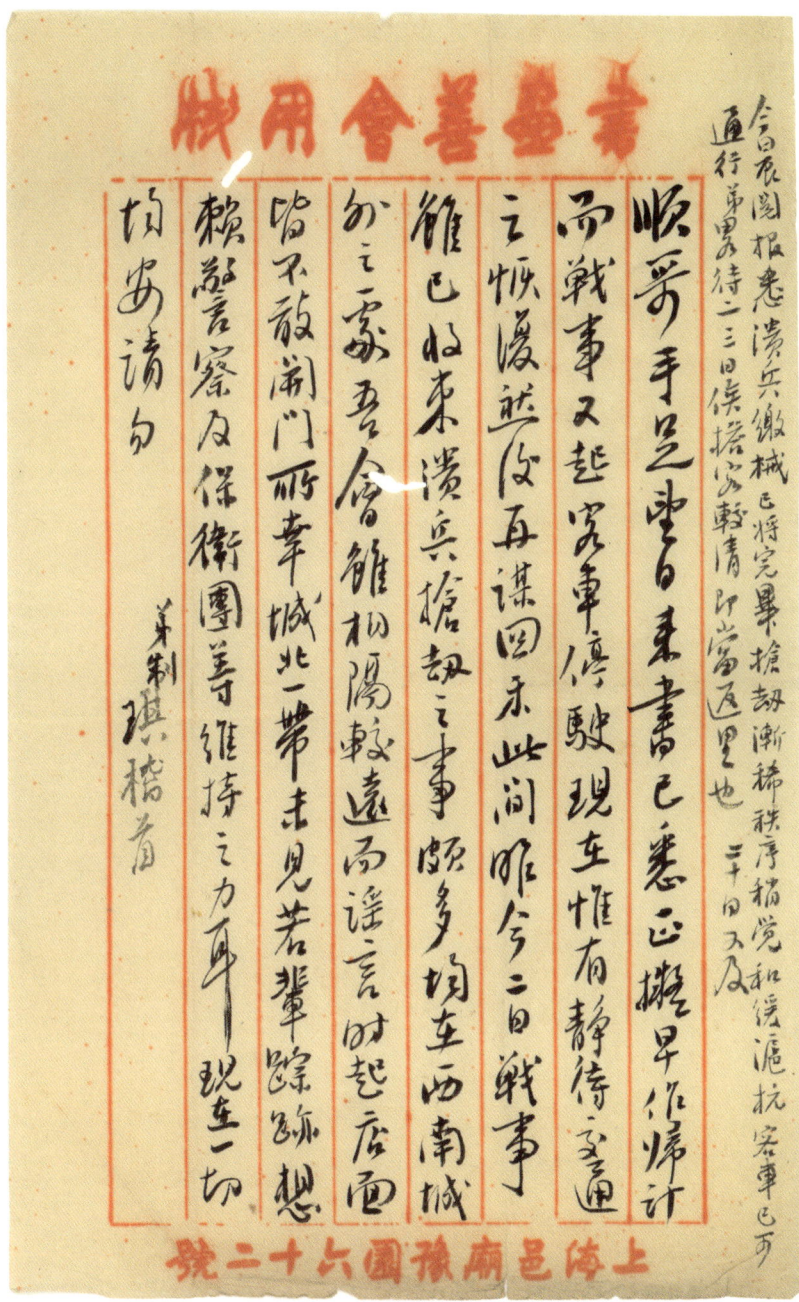

顺哥手足：望日来书已悉，正拟早作归计，而战事又起，客车停驶，现在惟有静待交通之恢复，然后再谋回禾。此间昨今二日战事虽已收束，溃兵抢劫之事颇多，均在西南城外之处，吾会虽相隔较远，而谣言时起，店面皆不敢开门，所幸城北一带未见若辈踪迹，想赖警察及保卫团等维持之力耳，现在一切均安，请勿。弟制琪稽首。

今晨阅报悉，溃兵缴械已将完毕，抢劫渐稀，秩序稍觉和缓，沪杭客车已可通行，弟略待二三日，俟搭客较清，即当返里也，二十日又及。

顺哥大人手足：前上一信想已收到。会中今定旧历三月初八日开会，各处画件已渐次收齐，届时倘可来申最好，画件已成几张，望速于日内赶出为要。今年上坟不知定于何日，弟意必须早日举行，则祭扫事毕方可从容首途也。父母亲柩前请在平代办，银锭各一千，乘便焚化。前接家信，悉七叔祖母之锭箔已由岳母备就送至弟家，今弟已去信嘱其设法寄上，如不及亦请代办之，其价若干将来一并面赵。弟近来因敬斋尚未出申，会中内部诸事均须一人负担，琐碎非常，以致每日只能动笔两三小时，故会中之件仅成半数而已。前款倘可设法，务请即日寄禾。如不能全数，先寄一半亦可，因家内用度告急，而弟处亦正在拮据无法调济故耳。倘来沪时夹碗夹碟，望勿忘带为要。余容面罄。专此，即请近安。弟琪谨上。三月廿二日。嫂嫂均安，两侄聪吉。

　　稿子用过者亦请带来，因源儿要用，黎字号屏及人物仕女立幅最要。

第三十通

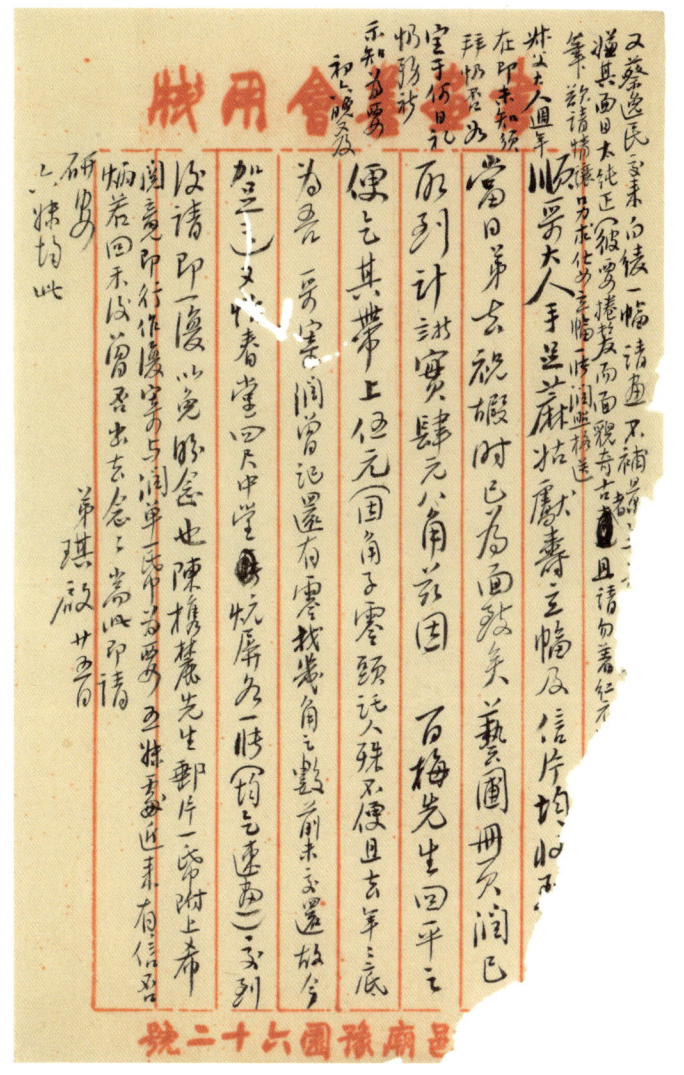

顺哥大人手足：《麻姑献寿》立幅及信片均收到☐，当日弟去祝嘏时，已为面致矣。艺圃册页润已取到，计四折，实四元八角，兹因百梅先生回平之便，乞其带上五元（因角子零头托人殊不便，且去年年底。为吾哥寄润曾记还有零找几角之数，前未交还，故今加足之）。又惜春堂四尺中堂炕屏各一张（均乞速画）交到后，请即一复，以免盼念也。陈携麓先生邮片一纸附上，希阅竟即行作复寄与润单一纸为要。五妹处近来有信否？炳若回禾后曾否出去？念念。专此，即请研安。弟琪启。廿五日。六妹均此。

又蔡逸民交来白绫一幅，请画不补景☐嫌其面目太纯正，彼要卷发而面貌奇古者且请勿着红衣。☐笔，欲请情让。另求仕女立幅一张，润照格送。

叔父大人周年在即，未知须拜忏否？如定于何日礼忏，务祈示知为要。初六晚，又及。

第三十一通

顺哥大人手足：前奉邮片，未知收到否？所求翁衡卿君册页一张，前途一再来问，无论如何今年之内准要，因此页系集四张裱屏条之用，其余三张早经画就，只候吾哥一张。为时已久，年内倘不及，彼必要求作罢，另求他人。弟想虽为数有限，如不令满意，恐此种人混造黑白，名誉有关，况且只此一张，费一日余之工即可了事，故务求千万为其拨忙一画（不妨择简略之稿用之），以了此一笔画债也。二姊分家事已于本月初二日办妥，其中经过多少波折，费去多少口舌，只分得乌镇住宅一所及田五亩，当签定分书时又受施祥林无数言语，二姊气得几乎要自寻短见。现在身上褴褛，回去盤船（盘缠）无着，向其索取，分文不给，此等人家无正理可讲，弟虽亦曾代为讨情，竟无商量余地，及弟发话彼亦置诸不闻，无论何事均推在恂如及寿山身上（寿山此次开吊日不到，被其作为话柄），似所分产业之多寡与二姊完全无关，且不得预闻也者，诚奇事哉。寿山出来后住在弟处约十余日，弟虽日常谆谆劝导，但看其依然懵懂，种种详情笔难罄述，容日后面尽可耳。现寿山已于前日回去，三姊昨日出来，今日到弟处，云欲劝二姊暂且回家，债务诸事，虽彼处常有吵闹等情况，既分有些微□产，亦可从长计议矣。现定明后日动身，惟目前用度拮据之极，弟□件曾抵押数十元亦已用罄，故二姊来嘱弟写信与吾哥□，哥刻下亦非宽裕，但少数总尚可设法，最好于即日用□救其燃眉之急，否则亦须去信声明，以免彼等盼望，至要至要。弟今年画件既少，已将了清，如无续来之件，拟早些回来，届时必由平湖经过，当再面谈一切。弟妇今日来信，要弟明年为源儿设法寻生意学，弟想照其现在程度，只能在中等商店学业，如银行、洋行等，虽有人推荐，恐亦不能胜任，为之奈何？且培植子女总想望其日后上进，今半途辍学，于普通常识尚未明了，根基不固，安能望其萌芽之怒发？故总想设法令其再读一二年，惟弟现在嘉兴必不愿再住，拟或在新篁或在平湖祖屋常住，以是不必定入第二中学，平湖中学定章如何？费用不知须若干之数，望吾哥即日代为一问，复函示知，以便商酌为要。侄儿想渐长大，计期明日须剃头矣，弟客中无以为礼，寄递亦殊不便，统俟将来见意矣。余容再函。专此，即请炉安。弟琪手启。十二月初七夜。

嫂嫂及六妹均此问安，太亲母前请安。

顺哥大人手足：初七日嫂嫂来弟家，悉吾哥暨诸侄均安吉，甚慰。弟去冬廿六日回禾，新年遭岳母之丧，裏办一切颇为忙碌，至今丧务虽均结束，而心思杂乱，尚难宁静，故犹未能动笔也。现拟过五七（下月初五日）后即便出申。清明上坟提前举行，今晨船已雇定，阴历二月初一日往凤桥，初二往五环洞，凤桥墓地因去岁交涉后尚未看过，最好请吾哥阴历正月三十日搭轮来禾，以便同往视察，并商酌一切也。银锭如不及办，在禾买锡箔剪条焚之亦可。专此，即请砚安。弟琪谨上。廿七日。嫂嫂均此问安。三侄均吉。

第三十三通

顺哥大人手足：自夏初一别迄未通信，弟之所以疏于作书，一则因丁此时艰，聊无善状足以告慰，盖弟虽旅沪，以不善筹划致笔墨寥寥，几同失业。源儿谋事无着，株守家园，千头万绪，无非不景气之现象，心劳日拙，不觉两鬓之骤形斑白，百念俱灰，无可告吁，正恐诉与吾哥，反足以引起同情之伤感耳。一则知吾哥慵于笺牍，无谓之音书，欲重劳作复为难事也，兹启者前接家书，悉平寓因徐氏决欲自用，遂致吾哥不得不谋迁居，现禾中余屋，所有住户已令全数迁让，但闻旧历上月杪即须迁禾，而迄今未成事实。且家中曾寄信请示日期，而未蒙赐复，究因何故，殊为盼念。兹特寄挂号信郑重请示，务乞即日赐与一复最好。家中及弟处各寄一明信片，只须简单示以是否及往禾日期，以释盼望足矣。至于吾哥来沪之说，此间诸友无有不欢迎者，画室可与弟合用，卧室即在画□，置一行军床或小铁床均可。笔墨生涯虽当一落千丈之际，照吾哥□，尚不乏人眨格求之，总可勉强维持，未见有逊于当湖也。伫□近安。弟琪手启。十二月三日灯下。嫂嫂均此候安。侄辈均吉。

潘琪致潘琳

顺哥大人手足：流光如驶，又届春新，恭维献岁以来诸凡纳吉为颂。弟本拟正初赴平与吾哥一叙，但去冬忽受外感，初起伤风发热，旋引动痰咳旧症，竟至痰中带血，今虽血止而咳呛未已，喉间燥痛且失音已旬余日，迄未痊复。禾中名医李子牧先生，为弟平素最最推崇，凡有病就诊，无不应手回春，但已于去年作古，和缓云亡，每觉他医无可信任，且为节省费用计，故犹未经医治，现拟养息一时，所以未便行动，只好务请吾哥来禾盘桓数日以罄积愫，至为盼切。年来市面衰落，吾辈笔墨生涯尤觉一落千丈，前途了无发展之希望。源儿自去年秋冬以来画件大形减色，三儿学费无着，此学期只好暂辍，虽有下半年改入二中之计划，但经济上既无法补充亦多份，惟有徒抱望洋之叹而已。故刻下正筹令彼等改入商界，为银行、钱庄、典当等均可，吾哥倘可设法求人保荐，务祈赶速留意为要。因弟交游不广，此种事便惟处置耳，弟大约元宵节后即须往申，吾哥能早日来叙□酌，因此事须加以精密考虑，非尺素可尽意也。专此，并贺年禧，弟琪谨启。

嫂嫂暨侄儿女辈均吉。源儿去年由全盛局寄上画件一包□。

第三十五通

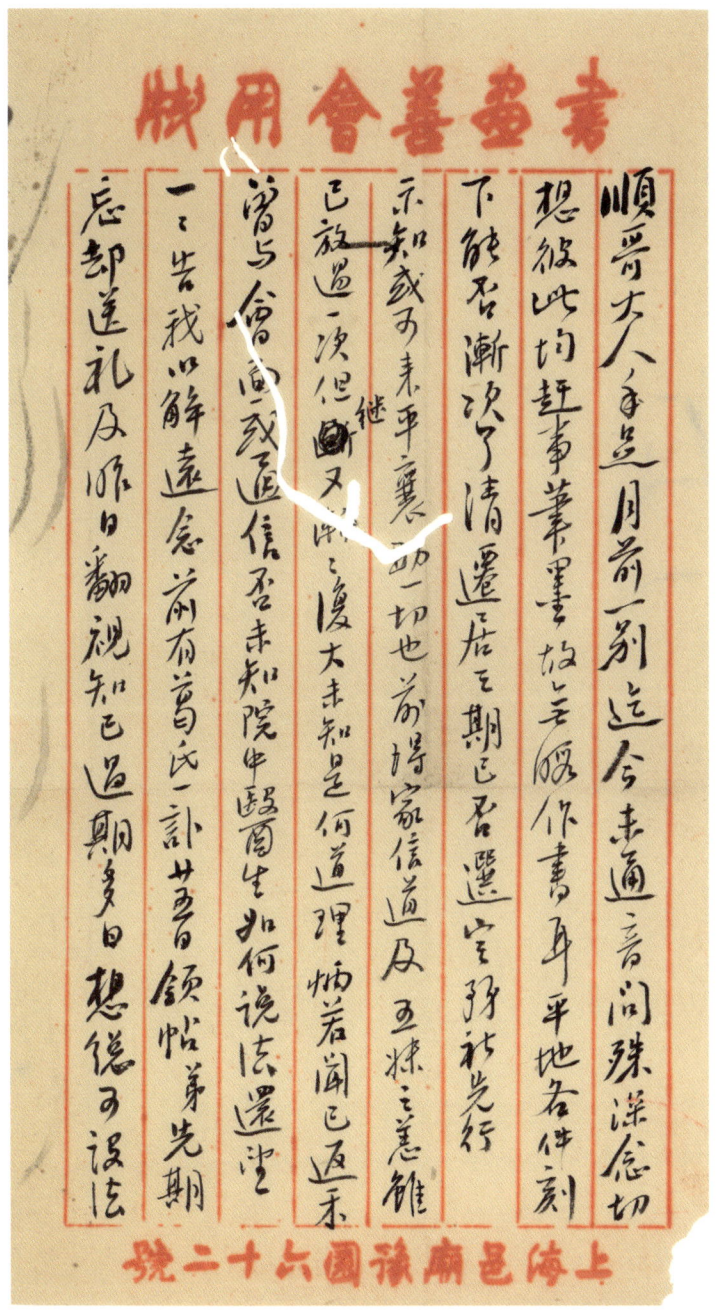

顺哥大人手足：月前一别，迄今未通音问，殊深念切，想彼此均赶事笔墨，故无暇作书耳。平地各件，刻下能否渐次了清？迁居之期已否选定？务祈先行示知，或可来平襄助一切也。前得家信，道及五妹之恙，虽已放过一次，但继又渐渐复大，未知是何道理。炳若闻已返禾，曾与会面或通信否？未知院中医生如何说法，还望一一告我，以解远念。前有葛氏一讣，廿五日领帖，弟先期忘却送礼，及昨日翻视，知已过期多日，想总可设法。

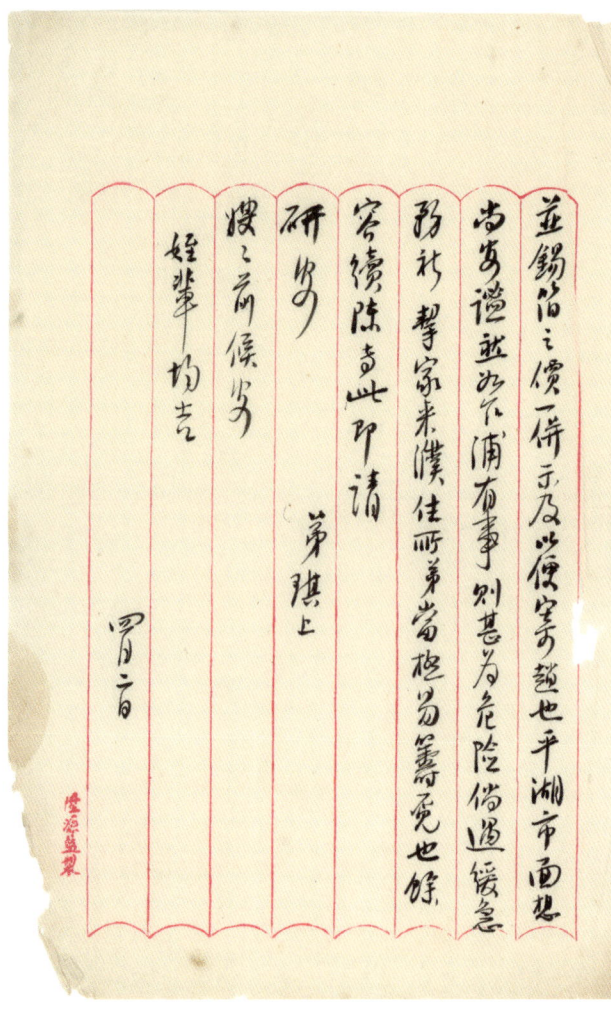

顺哥大人手足：弟抵濮后，曾奉邮片一纸，谅已收到。近想起居佳胜，至以为慰。此间旧交如仲氏子怦季青二老及小辈诸昆季皆已晤面，小某处曾往谒灵，其从弟泳沂且与弟时相过从，小某门人中如夏贞叔、岳石尘、冯墨龙亦均见过。又有医家翁云书君（其祖字和卿，父字蟾香，叔父曾为其画小影一帧，弟亦见过，盖亦老世交也）对弟亦颇致殷勤。夏惠民君为范冬青先生之高足，谅兄必曾晤面，亦相叙多次矣，以故弟居此间尚无寂寞之感，惟时局似淹缠不已之病症处，此不死不活之中，殊为难受。兼之笔墨生涯殆已绝望，后顾茫茫隐忧曷极，不知将伊于胡底耳。清明节已草草过好，兄处上坟去否？倘去时务请代备锡箔三千，先父母柩前请各焚一千，其余一千则焚于七叔祖母柩前为要。葛氏丧事想兄处亦有讣告，领帖期为四月十一日，送礼时请为弟代备一份，应送若干，希酌定行之，并锡箔之价一并示及，以便寄赵也。平湖市面想尚安谧，然如乍浦有事则甚为危险，倘遇缓急，务祈挈家来濮住所，弟当极易筹觅也。余容续陈。专此，即请研安。弟琪上。嫂嫂前候安。侄辈均吉。四月二日。

顺哥大人手足：前信片接到，杨氏喜份弟代送一元，葛之素份未知已蒙补送否？念念。吾哥日来画兴若何？平地之件能渐次了清否？二姊处之款有着否？迁禾之期选定否？前书奉询未蒙一一示我，殊为念切，还祈速即赐复为盼。炳若曾与晤面否？近日五妹病状如何？医生割治之期究在何时？放过后本原可能渐见恢复，饮食能增加些否？均希示我为要。吾哥节前各笺扇家之件，如能赶出，务须早日寄下，以便代为取润汇寄，九福堂、九华原记等学徒常来催问，望速画为是。醉六先生及周冷吾二信附上，请披阅。专此，即候近安。弟琪谨启。六妹均此。

今年灯兴如何？书画家有所举动否？吾哥润单刻已发完，望再多寄下些，又及。

潘琪致潘振节

叔父大人尊前：昨奉手谕并家谱一册及讣稿等均已收到，藉悉大人廿二日平安抵寓，至以为慰。房中零碎物件昨日方得归清，现始从事哀启后，断行略稿，大约明后日总可告竣。当即求石君谱弟携往请撰也。廿三日晤尤季良兄，谈及花木一事，彼谓当年胡匊老故后，小匊因欲外出，将所植白皮黄杨一盆送与父亲，其时季良适亦在吾家，为所亲见，据说父亲曾指花语之曰："他日余没后，所有所植黄杨等务须传与尔矣。"彼今执此说，似乎谓侄急于欲往申行道，家中无人灌溉，尽可放在彼处，方不致凋谢云云。似此说将来侄如可在家动笔，彼时不便再去要，还尽数与之，甚为可惜。况父亲生平无他嗜好，所爱者惟此数盆，一旦见背即归他人，于心何忍？即欲按时设供，携取殊多不便，以故侄当时只好

第一通

炘父大人尊前昨奉
手谕并家谱一册及咏稿等均已收到籍卷
大人廿三日平安抵寓足以为慰房中零碎物件昨日方得归
清始陞陞事哀恳设法斷行男禱大约明後日總可告竣當印末
石君诗等撰祺请撰也廿三日晤龙孝民兄谈及花木一事缉谓
當年胡朗老故後小菊因歎如出將西植白及黄楊一盆遂与
父親其時李民道点云吾家為所親见擦说
父親當指花語言他日余没没所有手植黃楊等務须傳与尔矣

含糊答应。过后再回思，惟实无善策。不识大人寓中尚有余地可放否？如能设法安置，即以吾叔要去相告，另择几盆交其般去，谅无不可也。然后雇船再行移至平湖，未知大人尊意如何？伏祈来谕，训知为祷。顺哥廿四日返申，约初十边再行来禾相助料理遗件。三姊亦廿四回青，廿九日再来。余容再禀。专覆，叩请金安。侄在苦琪叩上。六妹均吉。

再者现因人少，难于照管，拟请三姊来禾合住，后进其厨房东首三间拟出租于妥当人家居住，平时进出均自前门，而租户则由后门进出，既可便于看管，亦可略得租金，似为两便，但住户须择规正妥善人家，故须早贴召租方可随时察选。尊意何如？并祈谕知为要，又及。

出柩日期道士未来关照，俟神回后，当再函禀也。

叔父大人尊前敬禀者：前奉谕片，谨悉一一。讣闻哀启，昨日午后送来，现已套好，外埠者已均交邮局递送矣邮局因太重不便。兹由局寄奉十九份，其十一份已填好姓字，请饬人分送。又八份未填，请随时记出补发之，要其填好之。第一份朱爱同即侄前与同往北京者，但其尊翁台甫未详，请补填，于爱同两字之右首高一格。至尚有汤君（字宥三），则近年不在平湖，可不必讣也。侄忆濮院尚有申天宝中不知何人，是否有字银槎者，应讣与否，祈尊裁为祷。专此，叩请金安。侄在苫琪叩禀。六妹、三姊均安。

第三通

叔父大人尊前敬禀者：初八日由正大局寄上物华葛袍料一包，又同日午后寄邮片一纸，不识均已送到否？昨奉来谕诵悉种种，至送忏（？）一说，因初丧已过，现在俗例夜间不便拜忏（？），容侄即去关照，决定十八日起忏（？）可也。如十八日和尚不空，或改至六七再拜亦可，盖六七本须别家设供也。定忏（？）一决在地藏庵，因前次曾商借树灯架，彼时沈君已约定矣，日后节忏尚多，再请禅堂僧可也。丝绵捡出，即此寄上，至祈查收转交三姊为祷。专此，叩请金安。侄在苦琪叩禀。六妹均吉。再六妹如有新式鞋样，便中寄下一个。

叔父大人尊前敬禀者：日前三姊来平途中，谅一切平安，多日未奉谕帖，至以为念。出柩日期现已决定十二日，风雨不更，禾中风鉴乏人，前大人所说木行中之人，侄亦问过，本地诸友均未深悉。现请定南门钱选青君，约于明日上午先行雇船往看，侄亦陪去。此人亦是清客，前年练江太夫子家做坟亦曾请其看过，想必尚有道里也，且俟看后如何说法，倘然未妥，将来亦可另请复看。至于出柩之日，侄已决意不用僧道，即用江北平底船，门口下船较为简省。哀启早已托石君转求陆颂裹夫子代

祺父大人尊前敬禀者日前三姊来平途中谅一
切平安多日未奉
谕帖至以为念出柩日期现已决定十二日风雨不更禾
中风鑑令人齐
大人所说未行中三人独点阅过本地诸友均未深悉现请
宝南门钱选青君约于明日上午先行催船往看独点隐
去此人点是清家前年练江太夫子家做坟点曾请其看
过想必尚昌道里也且候看过如何说法倘然未妥将来

撰，但须至初十边方得脱稿。因陆师教务甚忙也，讣闻已先去付印，即日先取封套填好姓字地址，待讣与哀启印就，即装好发送。杭州戴恺君是否灰团巷可以寄到，戴子谦金锦斋如何寄法，均请来谕示知为要。三姊如可早日回禾最好，余再禀。专此，叩请金安。愚侄在苦琪叩禀。六妹均吉。

再者白衣不知俗礼行借否？如可者，祈于三姊来时捡出，交渠带下几件为要。

其妻随常做缠袜头，一子已十餘岁现在学业不在家居，一子尚幼租金每月壹元祇住三间寻常无事可以关断，如将来有拜懴等事儘可叫其帮忙，如女僕缺少其妻亦可相帮故姪甚为恰意现据说约在十七八总可搬来前至郭家谈及其三姑太曾有润单数命託吾妹帶去现说如有接下画件請即為寄來因再住幾日須回鳳橋而動筆須在此間也彼尚有扇面一張送與吾

姊已在動筆矣沈氏庚帖聞尚未寄還祈於日內即行交彼為要或仍由郵局掛號寄至姪處亦可因嘉典俗例還時須附送糕一匣寄在姪處可以代辦後飭人送去也命寄羅漢卷兹已撿得即由全盛局奉上至請詧收為禱又於同日另寄硯子一方外連底盖係前時之配底盖囑姪代為往取寄平云是友人託辦諒吾妹必然有數收到後請即交去為要餘俟抵滬後再稟耑此即請

禔安 六妹均吉
 姪制琪謹稟

対父大人尊前敬稟者前奉
諭片謹悉 六妹於初三日安吉抵平甚慰遠念 姪初
八九兩日至各家謝孝已畢現定於十三日往申所以遲
遲者一因為謝孝分帖之工役先幾日竟無暇處一因姪咳
嗽至今未止更加牙痛喉痛以致不能即行動身前請
駿八先生看過兩次均未見効今日又就李子牧先生診
治且看服藥後如何耳家中後餘屋三間現已有人租
定其人專做幫忙性情尚爲誠實其家尚有妻小及兩兒

可搬来。前至郭家，谈及其三姑太太，曾有润单数纸，托吾叔带去，现说如有接下画件，请即为寄来，因再住几日须回凤桥，而动笔须在此间也。彼尚有扇面一张送与吾叔，已在动笔矣。沈氏庚帖闻尚未寄还，祈于日内即行交彼为要，或仍由邮局挂号寄至侄处亦可，因嘉兴俗例，还时须附送糕一包，寄在侄处可以代办，后饬人送去也。命寄罗汉卷兹已捡得，即由全盛局奉上，至请查收为祷。又于同日另寄砚子一方，外连底盖，系前顺哥在禾时定配。底盖嘱侄代为往取寄平，云是友人托办，谅吾叔必然有数，收到后请即交去为要。余俟抵沪后再禀。专此，叩请视安。侄制琪谨禀。六妹均吉。

叔父大人尊前敬禀者：顷奉谕片，谨悉。今晨奉上一禀，谅已尊鉴。兹寄上佛华幛丈一尺，至请查收为祷。哀启已蒙陆师约明后日可以蒇事，但仍用侄自出名，因承重孙年幼，口气均不似也。讣闻谢帖仍用承重孙出名，想陆经验丰富，必有道理也。戴恺君、子谦金锦斋地址请速谕知为要。专此，即请金安。侄在苦琪叩禀。初七灯下。

叔父大人尊前敬禀者：廿五日奉读手谕，并罩衫一件，均照领无误。侄前患牙痛，今幸已止住，惟咳嗽仍未就痊。客中医药不便，且海上医费较内地昂贵，其价稍廉者，率系庸医，反多有误。侄初抵沪上，除画积件外，笔墨尚未动过，旅囊萧斋，无力就医，惟慎加调摄而已。现闻有王大吉堂半夏曲，治咳颇效，拟买些试服，且看如何耳。前来谕中所问葛荫梧先生之画件，其纸及扇侄前已捡出，均未画好，现存家中，俟侄年底回禾后，当即寄上，但润资既已收过之二十余元，照理必须缴还，奈自父亲故后，所有已润画件甚多，而遗蓄则治丧以外已罄净无余。侄虽在申行道，所进极微，刻下万难设法，务求大人据情转达为祷。专此谨禀，叩请金安。侄制琪稽首。十一月三十灯下。

六妹均吉。前包袍费神，谢谢。

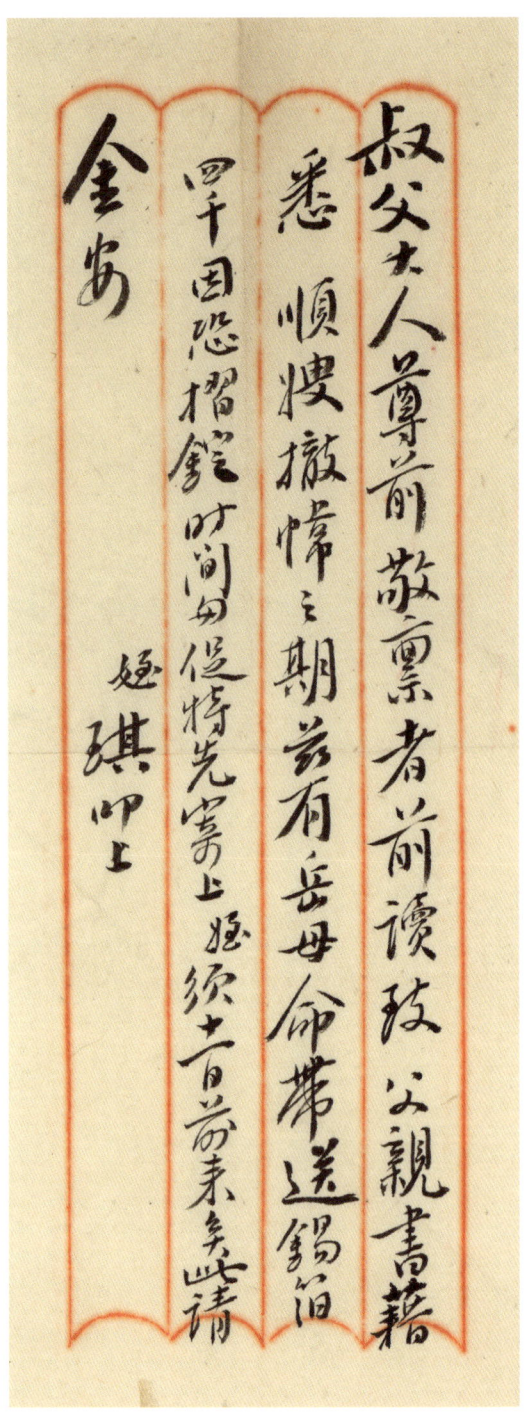

叔父大人尊前敬禀者：前读致父亲书，藉悉。顺嫂撤帏之期，兹有岳母命带送锡箔四千，因恐折锭时间匆促，特先寄上。侄须十一日前来矣。此请金安。侄琪叩上。

第九通

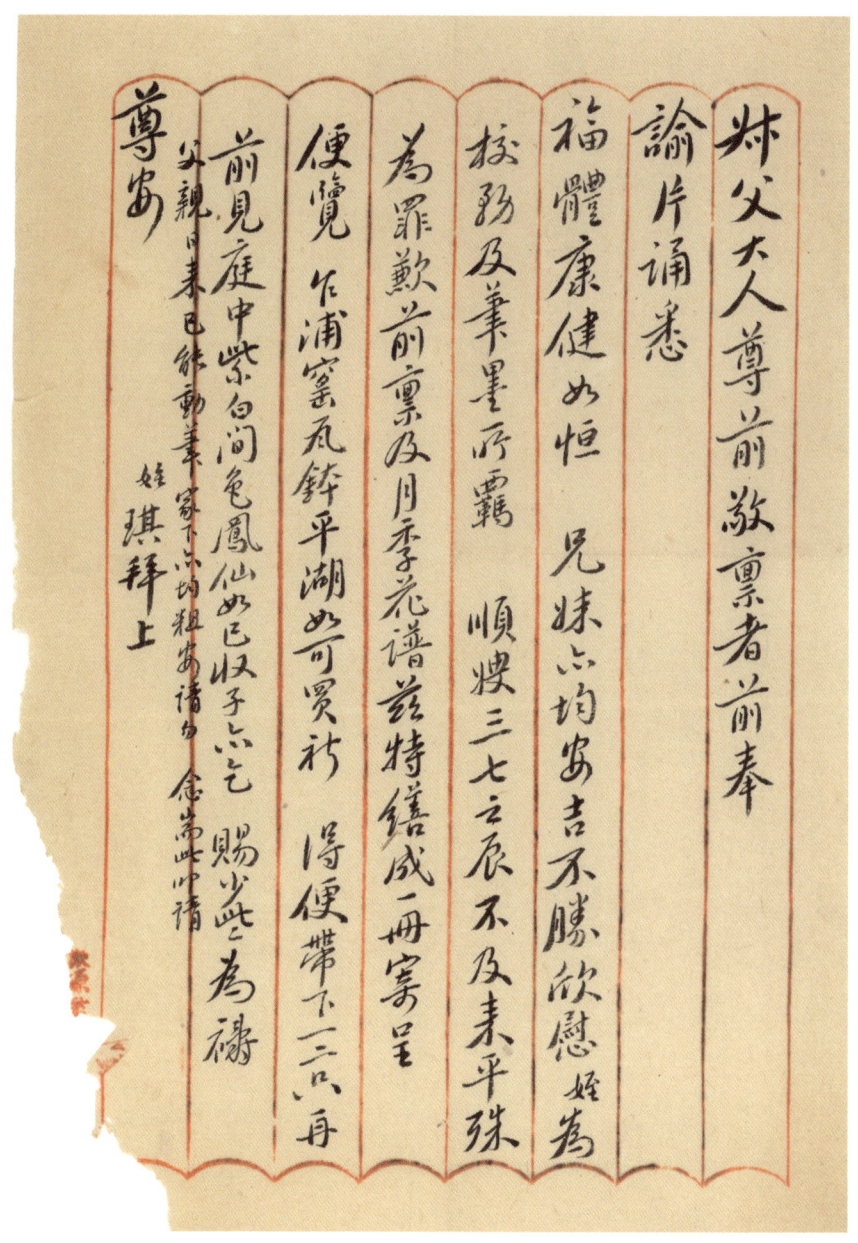

叔父大人尊前敬禀者：前奉谕片，诵悉。福体康健如恒，兄妹亦均安吉，不胜欣慰。侄为校务及笔墨所羁，顺嫂三七之辰不及来平，殊为罪歉。前禀及月季花谱，兹特缮成一册，寄呈便览。乍浦窑瓦钵，平湖如可买，祈得便带下一二只，再前见庭中紫白间色凤仙如已收子，亦乞赐少些为祷。专此，叩请尊安。侄琪拜上。父亲日来已能动笔，家下亦均粗安，请勿念。

叔父大人尊前敬禀者：昨奉手谕，敬悉一一。父亲近日尚觉安适，请勿远念。牛肉直至十一晨始送来，当即包好，拟寄早班轮船，无如是日适因水满停班，侄待至十一时许未见船到，无法另寄，只得携归送人矣，俟有好肉，当再买寄。所谕转托请庚帖一事，确系开朵云阁沈隽丞之令爱，现在报忠埭女子职业学校读书，因是郭余庭在该校教授图画，前曾谈及笔墨尚好，岳母处与此校临近，故亦有所闻，但并未相识，侄今拟求邵敬之或郭季老去说，想二公均必相识，且与吾家皆属至好，谅可易于说合也。隽丞先生人品亦极诚朴，其次郎公曾在第一高小读书，闲时辄与侄借画稿，亦不时来去，近在上海书局中画图，至店中生意未能深悉，惟所售出之货，如纸及扇面等均较他家讲究，想总尚可敷衍也。隽丞每至冬天又常在皮货庄上，所当何职未详，想因冬日笺扇生意较清，而店中既有人照料，自己更谋进益也。其余细底均未详，容俟托人去说后成否当再禀复耳。专复，叩请金安。侄琪谨禀。

大人临照润格请便时寄下数张，因有人索取也。

叔父大人尊前敬禀者：隔昨奉手谕敬悉。念一日又上一禀，未审已递到否？沈氏亲事前晤季人伯谈及，似乎已有眉目，现请大人速示请庚日期，以便求其往取也。建兰花已禀明父亲，谓请暂留大人处，俟便带禾。谢信容写就迳（径）寄冠群兄处可也。福体近日已否渐复？现在服药否？父亲廿一日曾请骏八先生来诊，嘱其试用补剂，现方用西芪皮等药，另于清晨每日服别直中尾七八分许，略和淡秋石三四分同煎，恐其升提虚阳耳。此方连服两剂参，昨晨亦服一次，但服后微觉胀闷，胃口亦似略逊，饮食虽不减，食时极为免（勉）强，或是秋分节气所致亦未可必。今晨暂停服参，药亦停服一日，且看如何。送兰赏封计费若干，请谕知。吴琎者除灵，已问明是九月初十日寄分宜早两日否？恐局中迟误，余再禀。专复，叩请金安。侄琪谨禀。六妹均吉。

叔父大人尊前敬禀者：前奉复禀，谅呈俯鉴矣。日来福体复原否？念甚。父亲近日仍如前状，刻届秋分似觉较平时更为不适，想过秋分后天气已得凉爽，拟再延医酌投补剂，以冀充复精神也。顷晤季人伯谈及朵云亲事，似乎已有眉目，日前季人伯亲往面求隽丞，当已允可。今日季人伯过兰云阁裱画店友姚少梅者，据□□丞嘱其转告彼处已允出帖，但外间打听误传顺哥年已四十，故彼并云如新客年已四十外似乎相差太远（其女今年二十一岁），如未及四十总可出帖也。现在请庚日期十六已然不及，特即禀明请选就谕知，以便托其去请，届时男媒则季人伯已允任，女媒则由姚少梅（已蒙愿任，其人与顺哥亦曾认识）任之。至其家

炜父大人尊前敬禀者前奉覆禀谅呈

倪鉴矣日来

福体复原否念甚 父亲近日仍如前状刻届秋

分似觉较平时更为不适想过秋分后天气已

得凉爽拟再延医酌投补剂以冀克复精神

如顷晤季人伯谈及朵云亲事似乎已有眉

目日前季人伯亲往甬求聘亟当已允可今日

季人伯遇蓝云阁裱画店友姚少梅者索

近况尚未深悉，但闻尚有一姊已嫁盛泽邵姓，与敬之伯一族，家道囗，有两处衣庄是其所开，第以财产而论，吾家自然不及，以人品门第而论，亦当深佩两大人时望，即顺哥笔墨，谅亦素慕，未有不愿者也，其余情形容再细探。函禀凤桥坟屋前顺德来取定洋时，据说初九开工，此次连朝大雨，想必停工多日，刻下未有信息，不知何日可完工，俟其来关照后当再禀明，届时侄拟雇船往看一次，倘得大人精神复旧，并约辅宜兄来禾同往一行最好，此番大水吾家囗最低处没去半尺许，来往行人非涉水，必须绕道，问顺哥来囗，亦有尺许之水，未知确否。专此，叩请金安。侄琪谨禀。六妹均此问好。

叔父大人然否。均祈示知,以便转复。日来叔父大人谅必康健。吾哥近日笔墨忙否?再过一月又将暑假,何日来禾一叙为盼。前托购纸,价尚未奉赵,兹奉一元,乞察收一算,所余请再买些或寄或有便带下均可,如纸价便宜务求多购几张,其价当再奉附赵。画稿乞并收为荷。吾哥所借稿内如有须眉仕女四尺堂幅,祈捡出寄下,因弟有应件也。如尚未勾出,亦请先寄,弟当代勾奉上不误。专此,即颂俪安。弟琪手肃。叔父大人前祈代请安。六妹均吉。

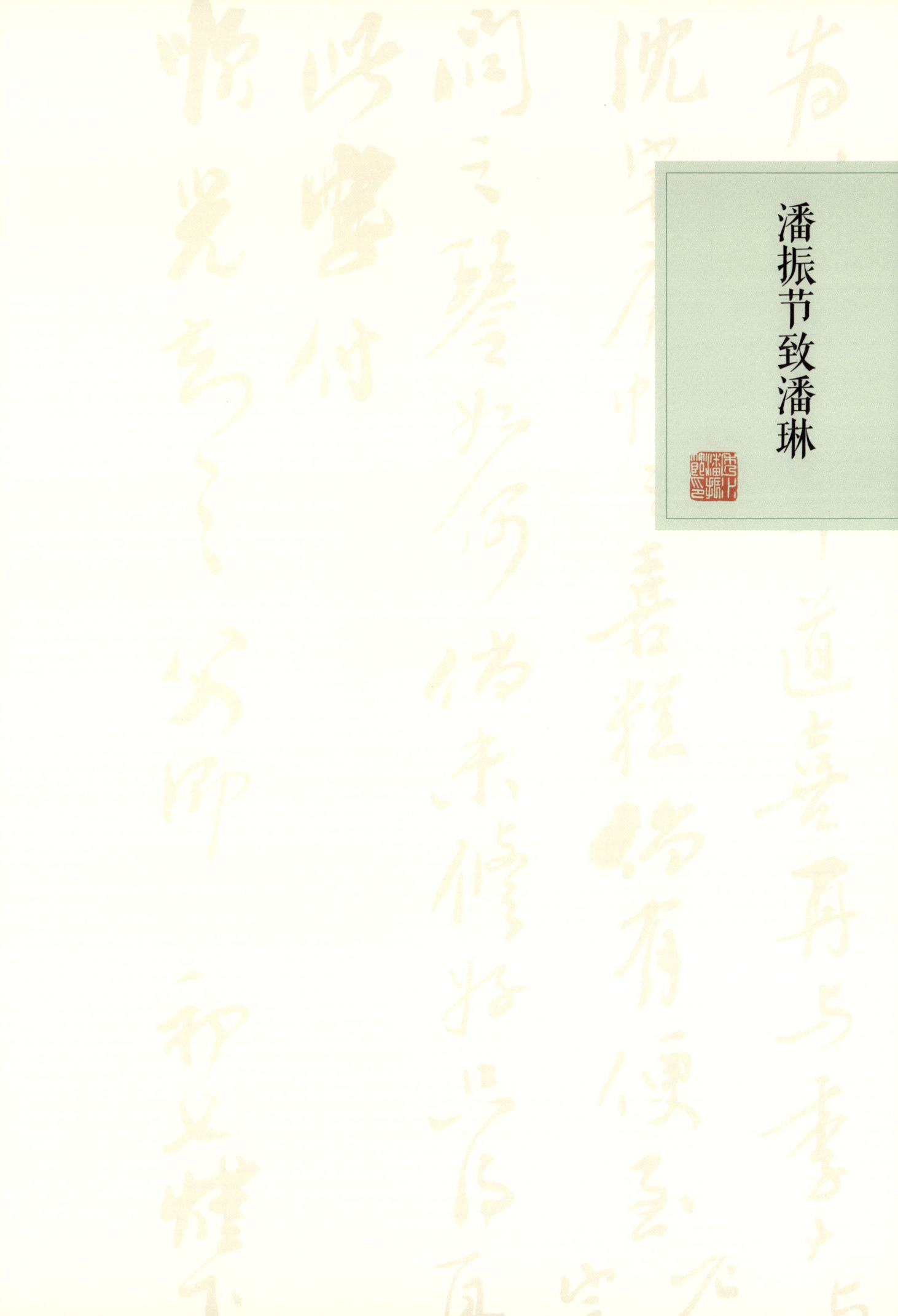

潘振节致潘琳

来信已见。昨日十点时闻杭省已失，午刻杭班车到禾，均有用白旗并莘库数人，禾地商团等在东门外观迎后，莘库云即欲返申，至夜间二三点时再来，此次来仍不下车，迳至杭省，惟向观迎人与白布数百余条分给诸同胞，即开至杭，约在今日再来，如此禾地已失矣。又闻杭省旗人避于乍川，未知平地有此闻否？念念。尔伯父病稍觉见轻，顷拜老来信问吴班老画件，容询后再复。皮鞋等计五件，已捡出寄局，汝在家须一切留意为要，父总要望伯父可以起坐即要回来，孝威想已见过段姓，谈及否？念念。如有回音，速即复我。此付顺儿知之。父字。十六日。

苏省郑叔老画已来已刻出，题件未来。

前致尔妹信已悉。月初日本开会,未识有售去否?近来笔底若何?念念。余自禾中归来碌碌,幸身体尚觉照常,维拟将南浔之神牌完笔,不料至今仍不能动手,均画杂件故也。前周竹叔之子来问上年属尔画件,其时就后要寄福州,刻下其人已回,可径寄平湖,已催三四次矣,辅宜亦催沈健章之六尺堂幅。再陈醉六手之扇面此扇陈师亦是代手,实难以为情,润均早来,速即画寄为要。今醉六另有折扇一页上款要写"息游",欲代求他人花卉,拟出润资洋许或洋余,至多者两元,画须要可观最好,其扇露封寄去至乞查收。郭季人处庚帖昨接来信知未请到,平地林宅竟无从探听,前孙颂和来申时,谅尔谈及,未知可有入言否?即字明并寄家用为盼。梦华托□悻蒋合册可先一看,如可作着色粉本者买一部,倘不好可不必也。可买□□禅花卉册,即上年尔所买之八张,便即购寄,计洋字明亦梦华☐。顺儿见。父字。

廿四接来一信并小雅致三宝信及诸物均照数收到，勿念。日昨特请朱梦曙兄来家，谈及魏氏家景，据云其女之两兄均在本地西城与人合开益源南货店，其长兄号月舟，次则不知其号，尚有一弟，名元琪，今庚在禾中第二师范学校教员，家在西门外孟家桥河下，实在情形亦不十分明白，余睹其意思，颇觉淡然。余说起徐涵才之女，彼云此人极可对得，若不明底细，渠已应许代为探听。前新畦令别时满口说总要再访云云，余意姑且待朱张两处之回音后再说。未知尔意如何？炳若已返，尔妹已于昨日回禾，伊姑生辰知在出月初九斋佛，我家拟于上一日命彭三雁一网船至彼斋，佛糕桃烛面等物均备两份，拟均在平地备去，尔须初五六回平同行不误。余要之药必须先行买寄，因待用故也，切弗延迟为要。家用一节照尔如此，只得稍缓。想尔上半年有此钜（巨）款进益，不料刻下又如此拮据，令人真意想不到也。顺儿见之。父字。十月廿七日。

所要张、吴两老生卒年月，今特另书一纸附去。

第四通

日前曾寄复信并丁君册页一张，度已收到。二月间曾云蔡仁茂衣店中之妇人现住西面王宅内，此人即赵少云之姊，请来胡氏庚帖，前托朱梦曙探听，据云俟张子文亲眷，人品一切颇佳，母女均识字，尚有一弟，前学米业，今随其叔出外做事其叔子文亦未深悉，谅不同居一处，大约在某处捐局内，余已嘱肯子算过，颇可用得，故于上月中已托媒去说。今日媒人来说，胡氏云现有两家说亲，一潘一俞，俞即稻香村茶食店之小东坤宅。知尔在沪行道，以致托人至申打听，大约十之六七可成，倘能应允，即要着。

潘振节致潘琳　081

假返禾意欲至申医治云云，大约已在途中，不日可到也，又及。

字付顺儿知之：初三由颂和兄交到一信并票银二十员，照收无误。余之旧病又发，近日多喘，系觉格外加重，日中虽天天起坐握管颇难，晚上又不能安枕，即将莫孟兄之方已服三帖，亦未见效，姑且听其自然。胡宅亲事日前已回绝，后即请朱梦曙来家，已托渠与张梓文作媒，再去细说之，并请彼二人夸赞等语，至今尚无回音。奈余不能步履，照此情形，该余自去访，彼总有回言，且待天晴当至梦曙店中，再看情形。余用之药见字办寄，所存只有三日，万勿延误为要。特此，顺询砚吉。父字。分龙日。

昨接炳若来信，云伊家中去信为五女旧病变动，故即告。

第六通

久无音信，念甚。余自上月曾寄一信并附致琪侄一书。另露封息游款折笺一页，谅早收到，念念。前接郭和庭兄来信，说及凤桥庚帖尚未请来，未知何故均不写明。前悉孙颂和至申，与尔晤时谅必谈及林姓之事，不识可否用得，乞即字明一一，余处竟无从探听，辅宜、景孟虽与其女之姑夫沈君相识，均无直言，想严志和与赵姓傅至林宅，谅来亦未深悉，况余特然问志和，谅伊深悉亦未必直言，其余无门可探，尔意如可将就，且去说说看如何，速即复我为盼。余近来眠食一切均各照常，全在所服之药颇能得力，以致有增无减。前二月络寄来之五员头现已将完，此次之货尚可分两，与前之两元一包，照算不少，惟皮稍多些。算来只有五六日可用，见字后即速托上次之友再办五洋寄平，要紧要紧。倘手头有或十元二十元均好，细算每月须要五元之数，倘稍减则精神觉得疲软，即不能多动笔墨，奈何奈何。再忆及去冬之参吃来亦觉有益，虽者咳痰仍旧而精神尚可，惟前几天时冷热不和，稍有寒热，因感冒之故，近日好，可勿念耳。尔近时生意若何？琪侄笔底如何？便乞一一，字悉为要。家用便乞稍寄尔妹前要买之线，便中买寄为要。此付顺儿见。父字。

潘振节致潘琳

前由民局寄去衣裳鞋子等件，后接来邮片尚未提及，大约未到之故，所要绵袍绸样及招头纸已早露封付邮，谅均收到。不知何故至今尚无复，念念。月之初七日，周燮甫交来大洋二十元，谅尔之润笔已收到矣。前信嘱买一参须、川贝母两物，可否买成？余缘内地店家价贵，故有此想，如未买成，速即通知为盼。王厚甫于十四日来家，复厉宅亲事作否？据十五至申，十七欲来看尔，未知来否？念家中一切照常，勿念。画件宜早敢紧，近时幸天尚暖，可多动为要。此付，顺儿知之。父字。十九灯右。

第八通

　　顷接到邮片，已悉。三侄女本拟月之十一偕寿山至禾中，不料水涨轮船停班，故未去，现欲开轮即行穗禾，现已报名在贻毂，定于十八到堂，三宝此次去后，拟在九十月间再来，大约不算同寓。余近来虽无大病，然遇烦闹等事，实在头大，寿山如此恶形，实在难过。丁君册页刻下尚不能动，象笔刻下亦难着手。铜板两方固封寄轮，陈师之扇面书画宜即行办寄，梦华彩印册亦须从速为要。前信来问于求余常用之孟敦方子亦有此味。又吉林参须如便亦要，须要留心贾货及次货，于求亦然。尔之亲事如何说法，冈□□来笔下若何？念甚念甚。顺儿见，父字。

前曾寄申一信,想早收到。张、朱两君均未见来,最好此次尔来家一行,一切可以面谈。再郭季人处必须一去,余已致信与彼故也,去时乞为余庭辈道喜,再与季老小洋二角作还沈宅庚帖之喜糕。倘有便,至寄园沈石孙一问之琴如何,倘未修好,只得再留彼处矣。专此,字付顺儿知之。父泐。初七灯下。

潘振节致潘琪

小雅贤侄如晤：两接来信，均悉一切。廿一福庆船带□花木照数收到，勿念。近时画件如何，便乞字悉。姜顺德处□□寄出，念念。《送子观音》稿因无旧本，故划成两纸，并少樵款扇面一并露封寄上，至望查收为荷。二侄女谅早回青，寿山刻下如何说法，便乞详细字我，想渠如此之呆，将来硃宝一业恐难得意，倘仍在店中，吾侄晤时可细细叮嘱并开道一切最为要紧。愚近来眠食一切尚算照常，祈勿念也。此致，顺询砚吉。愚叔和手泐。

少樵款扇面一面已写字，寻之再四不见，忆及去年尔父开吊时带禾，六宝忆及先到时放在尔之楼上台子抽兜内，后来面交尔手，祈即去信嘱侄媳细细一寻为要。

潘振镛致潘琳

保之二侄如晤：日前来信，藉悉尔父病体已愈，笔墨尚称忙碌，颇慰远念。如今我两处均无内顾，亦命也，然而初遭丧偶，儿女悲啼，并且孔方短缺，质贷无路，总总情形，愁怀莫解也。扇面一页，今特画就寄去，至望捡收为要。专此布臆，顺询近好。愚伯雅声手泐。尔父前致候，不另。五月十九日。

第二通

琅圃贤侄如晤：正月杪接来函，藉悉种种，正拟作复，忽因感冒起见，卧病累月，百事俱废，是以迟迟未复为歉。近来精神早已如常，可勿念也。尔父于清明后因上坟来禾一次，琪儿现在家中习画，至于小学堂当教习变更不定，而毫无进境，所以无甚贪图耳。吾侄近来笔墨能有生色否？会中能得发达否？酷暑将来，诸宜谨慎为要。此致，顺询近好。愚伯雅声手泐。

琅圜贤侄如晤：前寄去陆冠臣款屏幅六条，谅已收到，念念。近想尔父以次谅多安好，惟笔底日来能否生色，九华之件谅未完竣，拜师处可有佳音，甚为惦念。扇面一页已就即由局寄去，望捡收之。余近有七律一首遣怀，曰：浮生偷得漫忧煎，世事如风过耳边。一曲箫吹姜白石，百篇诗诵李青莲。闲来写幅秋山卖，不使人间造孽钱。用唐六如句。我已而今花甲外，可知再梦几多年。前来信云"趁船"之"趁"，误写作"趋奉"之"趋"，此等也宜留心。此致，顺询侍吉。愚伯雅声手泐。五月十九。

第四通

琅圜贤侄如晤：日前来信，藉悉一切。所嘱画件，实因近来病魔纠缠，动笔艰难，虽为积件所逼，不得意稍稍应酬几种，殊属免（勉）强也。况凡作画，须得精神健爽时为之，或能略有可观。至于免（勉）强带病，必无得意之作，吾侄深知此道之意，谅不以吾言为谬也。且知会中精品之多，并不以我画为必有也。且俟迟日画就，或持赠友人亦可，以少报朋情之意。钱诗庭虽在一城，并未会面，以故未曾裁纸。郭季人乔梓已以两纸交去，盖知渠近为其夫人病故，丧事烦劳，心绪不佳，亦未便催渠动笔刻，谅日本胜会已过，只可作罢论矣。久闻尔父有肋下胀痛之症，医家云为肝气所致，不识吾侄处近有信息往来否？此复，并问近好。愚伯镛手泐。

琅圃贤侄如晤：四五月间先后曾发两函，未见复言为念。顷接尔父来信，闻吾侄近况如常为慰。至于日本情形，愚虽不能深悉，但想南画会，还是我辈本色。如云日支交通会者，并不识是何宗指（旨），因想我辈笔墨为要，他事则自有人才且众，尤恐杂事一多，足可分心，难以笔下精进。吾侄既专心画理，还宜精求精，此中亦可得名得利。凡事必须三思而自慎之。至于姻事，乃人生之大事，况如吾侄，亦属单传，此时正宜急办。且彼处并非无理，盖因此等兄嫂手里，谅吾侄亦略知其概。实因度日如年，亦当体惜。其当时愚与尔端木寄母，再四力言，吾侄人情可靠，将来断无他意。至今定亲已久，岂可视同儿戏？况我中国，自

琅圃贤侄鉴：如晤四五月间先后曾发两函未见复言为念。顷接尔父来信闻吾侄近况如常为慰。至于日本情形虽不能深悉，但想南画会还是我辈本色，如云日支交通会者，并不识是何物。因想我辈笔墨为要，他事则自有人才，且衷尤恐难事，一多呈可念。难以笔下精进，吾侄既专心画理，还宜精求精，此中二可得名为利，心事必须三思而自慎之。至于婚事，乃人生之大事，况如吾侄只属单传，此时正宜

从二回革命以来，一切官场律例，渐复旧章。彼处母女忍苦久待，若使再行延约，如今亲友尽知，实恐有性命交关之虞，吾侄断不可岐生别念。今闻会主张君定于今冬回来，若待彼时，恐吾侄必须代理会务，势不克同行矣，须趁此时尚早，万望吾侄先行回来一转，数月之间，可以再出东洋，庶可为万全。一可以完姻，二可以代理会务，三可以安尔父之心，且可以免愚与尔寄母不落抱怨。古云孝当竭力，想吾侄本性和顺，必不以愚言为模棱也。见字万望即作归计，切勿为他事所阻，是为至要。至于孔方兄，谅必有余资在会，吾侄既蒙会主见重，可以直言，料必不至为难也。专此，顺问近好。愚伯父雅声手泐。阴历六月廿一日。

琅圃贤侄如见：前由尔父信中附来一函，藉知一切。交通会始知吾侄亦是发起，不能退出，亦在情理之中。但既云到年，本利必能有望，何至亲事一节，先知无力可行耶？况余已早经说过，如有缺少，必当竭力，决无为难也。至于世乱荒荒，后顾难卜，此亦大概如此，只可听之天命，若云各国争战，海洋防守，然并未闻中日隔断不通，且会长张君有回来续娶之事，定于今冬，何以吾侄独不能回来？非独今年不回，明年亦不可定，此分明有意不归也。但想姻事系两相情愿，当时尔父做主，其时吾侄尚未出门，既然不合，何勿早言，早作罢论？谅尔父亦无不可，至今将及两年之久，竟视作儿戏，岂非有意弄人？今据来信决绝如此，定必在东洋已另有得爱之人，既有得爱，谅必色可迷人，真所谓忠言逆耳，如何肯听？但思吾侄正在图名求利之时，岂可为一妇人丧名失德？日后回来，难对诸人乎，但男子在外，暂适一时之兴，亦非不可，切不可过于认真。况出洋至今未满一年，脚根犹未立牢，南画会既已寥寥，交通会亦未必可靠，试想初起招揽观光团，廷辅进来尽力吹嘘，亦无所益，反空费指南印书之本，此已应知大略矣。况日本房饭日用，一

琅圃贤侄如见：前由尔父信中附来一函，藉知一切变通会始，知吾侄六甚发起，不能退出，此查情理之中，但既云升年奉利必能有些，何必亲事一节，先知无力可行耶。况余已早经说过，如有缺少必当竭力决无为难也。至于世乱荒之后，顾难卜，此六大概如此，只可听之天命，若云各国争战，俾防守延迟，并未闻中日隔断不通，且会长张君有函来续聚之事，宜于今冬何以吾侄独不能回来，非独今年不回明年亦不可定，此分明有意不归也。但想姻事係两相情愿，当时

尔父做主其时吾侄尚未出门，既然不合，何勿早作罢论。谅尔父亦无不可。至今将及两年之久，竟视作儿戏，岂非有意弄人，今据来信决绝如此定必在东洋已另有得爱之人，既有得爱必色可迷，人真所谓忠言逆耳，如何肯听，但思吾侄正主图名求利之时，岂可为一妇人丧名失德，日后回来难对诸人，表男子主外，暂适一时之兴，亦非不可，切不可过于认真，况出洋至今未满一年，脚根犹未立定，南画会既已寥寥，交通亦未必可靠，试想初起招揽观光，圃廷辅

顺侄如晤：久不通音，甚念。兹因尔父久病咳呛，三四日前忽然剧甚，兼之气急，彻夜不能着枕。是以徐拜老昨日寄邮信与我，而我今晨趁快班船来平，视渠病情紧急，本拟发电信，只因电费甚昂，故改快信。想吾侄父子之情总不致置之度外，原吾亦不得不专函通知，如可即速回来一转，最为盼盼。至于陆宅之事，早经取消，吾侄放心可也，种种直情，幸勿疑作虚言是也。专此，即问近好。愚伯雅声泐。

第八通

琅圃贤侄如晤：前来信均已收悉。余近来身体气血两亏，风斜易感，交春以来，寒热咳嗽纠缠，至今殊难动笔，嘱画大士像知是要紧，故特免（勉）强画就，挂号寄去，至望捡收。后即发一邮片以作收条为要，其润资不必寄来，吾侄回来时带来可也，以免邮寄周折耳。再者，汝父前日来禾，带来吾侄之信，云于四月中一定回来，故特择吉于四月廿八日行娶，先于三月初十准日，但望吾侄处宜早日预备回来，能愈早愈妙，切勿届时局促为要。专此致复，顺问近好。愚伯雅声手泐。二月初二日。

潘振镛致潘琳

保之贤侄如晤：前来琴条照收。迩想侍祺，合宅均各安好，砚田胜常为慰。兹寄去琴条纸五堂，系九华堂寄来，要吾侄画，不妨落款，惟勿落年月，亦可为名之计也。素来上海无论交行可以落款，昔时诸老辈如朱梦庐、杨南湖早年均画交行过来，是无碍也。此致，顺询近好。愚雅声手泐。四月初九日。尔翁前道念。

第十通

　　所嘱绢画两幅已于十八日挂号邮寄并附信封，计在途中未到者。昨接来信并挂号票洋五元如数收到，勿念。惟尚少润资两元六角，务须向前途找讫为要。其洋不必寄来，留在侄处带回可也，因邮寄颇险耳。愚精神近来虽属稍好，奈画件堆积颇多，虽终日动笔不济也。前上海怡春堂有八尺大堂画《十八学士》，要每人画一个，要我与馥岩及贤侄各补一人，但不知吾侄今冬回来准期否？以便复彼故也。琅圃贤侄如晤。愚伯雅声手泐。

第十一通

前寄邮片一页，谅已收悉。今寄去绢画两幅，望查收为要。收到后望发邮片作收条，以免悬悬。其绢价原定疋计华尺一丈八尺，照批价每疋六元，每尺合大洋三角三分三，此用去八尺，惟裁狭尺许，故算每尺二角，计大洋一元六角，其笔资每幅三元，连绢共计七元六角，今附润格一纸，望转致之。近来侄处笔底据云还好，但不知用去有余多否？念念。愚自六月以来，身体尚健，勿念。琅圃贤侄如晤，廷辅近况若何？候候。愚伯雅声手泐。

第十二通

琅圃贤侄如晤：前嘱书征款绢册一页，今特画就寄去，至希查收为要。附喜糕一匣，系东栅薛大官定亲，嘱转送阿三者，望即交伊是也。回来日子须早定来关照，以便至南堰雇船也。余俟面悉，尔父谅必如常，念念。并问近好。愚雅声手泐。十月十三日。

保之贤侄如晤：前汝父寄来吴三先生之件，均已收到，已于十二日连镜壳送去，适值渠患头疯，未得一见，其物即交渠族弟捡收矣。再者南浔金氏季言，由沪寄来洋五元六角，纸一卷，并无信札，嘱交吾侄手收，必是求画之件，兹特由局寄去，至希查收为要。因不知其上海地址，画就后可迳寄南浔东栅金承德堂金季言少爷查收为妥。专此，顺询近好。愚伯雅声手泐。二月十四日。

第十四通

琅圁贤侄如晤：来信已悉。嘱画大士像实因旧时积件太多，所有要紧诸件又为天冷所阻，大半约在春间，其奈衰年多病，每日所画无多，了无所济，可否迟一二月画寄何如？首阳山图稿无可形容，兹拟在嚼草充饥之意，未识如何，特附寄信中，望捡收之。尔父处因旧年久病，不能动笔，以致笔底寥寥，颇为拮据，谅伊信中必有所述也。盖病由心境，宜体惜是也。书此致复，顺问研吉。愚伯雅声手泐。阴历正月初七日。

潘振镛致潘琳　105

琅圃贤侄如晤：前次来信，云便痢已止，饮食稍进，谅必渐次获愈。无如隔昨来信，云病情反复，朱廉翁似有缩手意，想或平地能有人家接客医者，邀来一诊最妙。愚本应一看，实因月初夜间身体连热二夜，饮食顿减，胸中饱闷不舒，直至昨日始至陈俊八兄处诊治，现已服药一帖，尚未见松，且天气雨晴不定，只得待得稍好即当至平可也。所云嫁妆一节，何勿请媒人来商量，此间愿婚阃少受，该木器、磁器、铜锡等项一概托乾宅代办。因今尔父病重，服侍医药要紧，乏人照料之故，一则可免嫌好嫌歹，二则眼前诸物昂贵，可免贴钱。更多载去载来，乾宅既要体面，定勿至少办耳。据愚意似可两得，不知尔父以为何如耳？先此布复，即问病得早吉，伯父雅声手泐。九月初十日。

潘振镛致潘振节

叔和五弟如晤：久不通音，殊念，想起居无恙为慰。兄于月之初六接到家中去信，因内子忽患寒热，遂于初九乘航，昨日四点钟抵濮矣，而寒热幸已停止，惟精神尚未复原耳。在杭笔墨扇件小幅之类尚算闹热，所收笔资除寓中开销零用之外，络续寄回，寅吃卯粮总难少积，奈何？刻下拟将未了之件稍为了些，即作平湖之行，大约在□月初旬矣，吾弟处笔底若何忙碌，姚姓之件若何光景，书画能否得主，杏处曾否调妥？望即详细告我为要。寄信之时望买塘湾牌楼之北黄元盛金箔廿斤、黄金箔十张其色与佛赤淡一层，与洋赤深一号，价约三百左右。升禄买兔儿番一百文，一并寄来为妙。蕊珠阁前有纨扇一把寄至杭寓，已收悉，刻已带在濮地，稍缓即可画寄，便中先为道复，或托姚菊舫。再禾地衣庄家，可有旧敲皮女衫，价约二两之数，此有便可也。此致，即询日佳。兄承伯手泐。六月十一。诸友前道候。

第二通

叔和五弟如晤：在杭曾有一信，谅已收到，因闻濮地廿八会兴甚闹，为心孚弟拉来，昨夜已抵家矣。家中均安好，吾弟如得空，亦可来濮数天。廿二日仰山同门曾寄一信并渔庄一椷（缄）、像一幅，已否收到？此致，并问近好。兄镛手泐。三月廿七日。

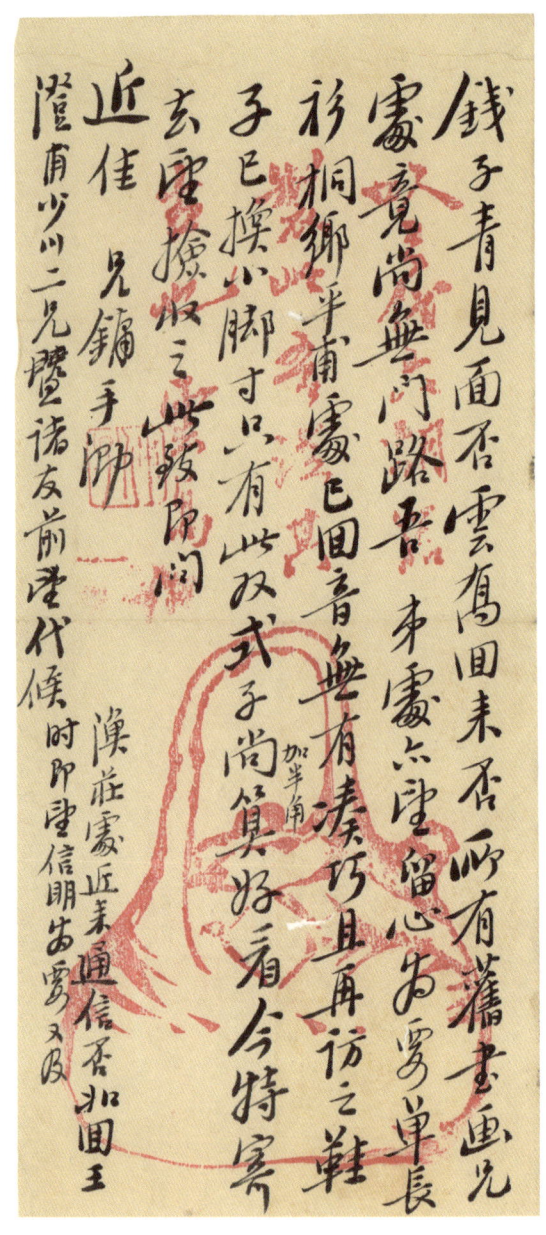

叔和五弟如晤：前来信及长衫、鞋子均已收悉矣。知吾弟初四日回濮一次，母亲以次均好否？念念。兄近来身体爽健，笔墨络续，扇头而已，惟人头渐多熟识且再守之。吾弟在王能有寿像等，最好须托人吹嘘为是，因想刻下市面各处萧索，别处亦属平平也，在濮钱子青见面否？云乔回来否？所有旧书画，兄处竟尚无门路，吾弟处亦望留心为要。单长衫桐乡平甫处已回音，无有凑巧，且再访之，鞋子已换小脚寸，只有此双式子尚算好看。加半角。今特寄去，望捡收之。此致，即问近佳。兄镛手泐。

澄甫、少川二兄暨诸友前望代候。渔庄处近来通信否？如回王时即望信明为要。又及。

叔和五弟如见：前来信及扇已收悉。兄在平笔墨近来虽络续有些，总属无聊，且家中寄来之件均未动头，是以拟于月杪回濮，吾弟与云兄出门曾否定见，在王笔墨如可应手，极可不必他行，均俟兄回濮时或至王一转亦可。渔庄哥处望转致一切，去冬一节抱歉万分，当交与祝兄可也。此致，即询近佳。兄镛手泐，五月廿六日。渔庄、澄甫二兄代候，不另。

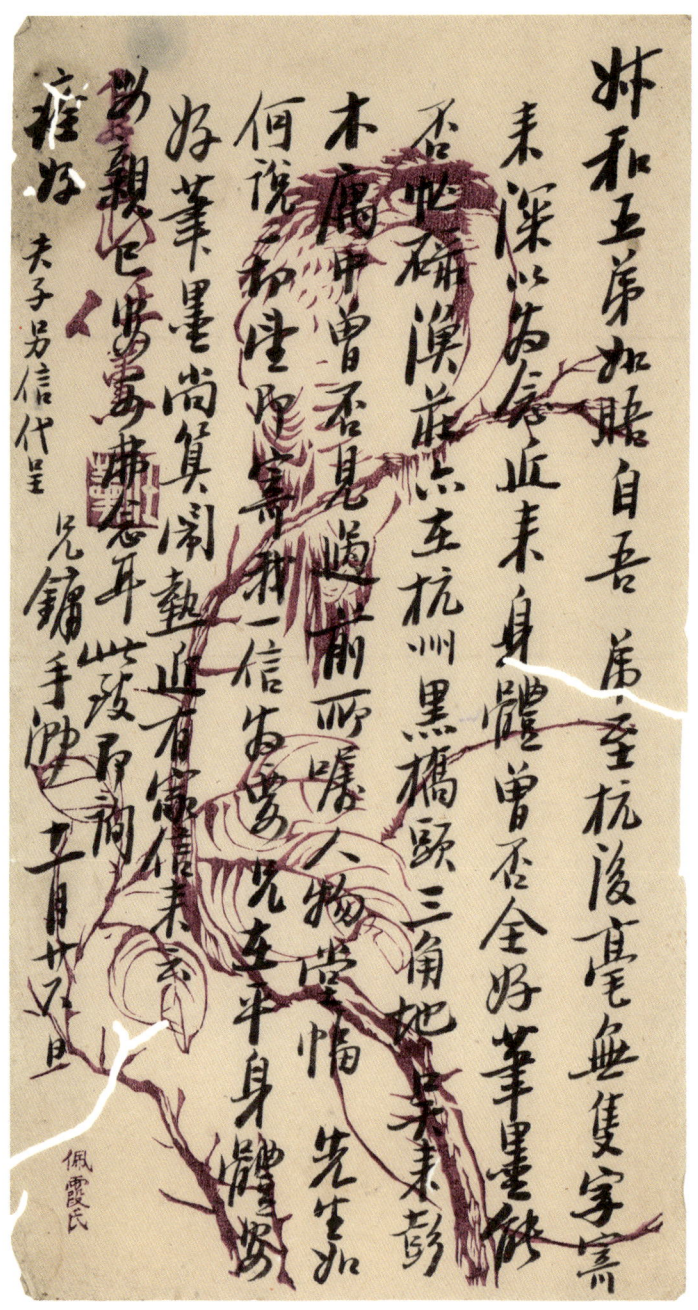

叔和五弟如晤：自吾弟至杭后，毫无只字寄来，深以为念。近来身体曾否全好？笔墨能否忙碌？渔庄亦在杭州黑桥头三角地，吴来彭木寓中曾否见过？前所嘱人物堂幅，先生如何说？一切望即寄我一信为要。兄在平身体安好，笔墨尚算闹热，近有家信来，云双亲已安，可弗念耳。此致，即询痊好。兄镛手泐。十一月廿八日。

夫子另信代呈。

叔和五弟如晤：接复书，并书对三联，均照收到，并悉一切。阿嫂腰上患毒，不识曾否收工？李丹翁膏药甚好，想可无害也。兄至平一切均好，可弗念耳。惟葛氏所托用师画屏，因月底月初京里回来，即要喜事张挂，甚为要紧，殊为难事。素纸四张在家中茶几上，吾弟至杭时，只得先行带去，兄处再即调排寄杭也。或吾弟至杭后，得能先有笔资，即寄信来通知，以便凑付最妙。家中节账，惟米账最为要紧，兹寄上英洋四元，望交阿嫂为荷。并附旧纨扇四片，折扇八片，要裱合景四幅。中间纨扇，两横折扇，白绫边，又绢地琴条四张，要裱银红绫边，天地头要高。此是葛宅生意，须格外赶紧寄来为要。裱价开明后算。陆陈两对，望照五翁，一时难觅主顾，倘不要紧，可缓图，如要紧，只得寄还也。前日信上要洋漆骨纨扇两把，未见寄来，望再一寄为要。此致，即问近好，并叩母亲大人金安。兄镛手泐。

夹纱女帽，因天雨不及买，故且再寄。

叔和吾弟如晤：前接母舅由家中来信，示及兄处家用万分窘迫，果然实在情形，兄处为局中薪水，自来申以来只有过一月之数，已早经寄濮，虽前在寅伯前说以每月扣一半，付作去年书款，而至今又有两月，之中不但扣一半而竟分文不付，刻下虽再四催取，势难即日可付，然家中如此促迫，竟无法子可施。想吾弟必已回濮，万望代为设法，且为接济，弗可推却，是为至要。手卷可带苏，想式卿、博三诸君总有门路。此致，即问近好。兄镛手泐。

夹袍子应用在即，即以寄来。

第八通

叔和五弟如晤：兄自前月廿二来申，即寓积山书局，至今将已匝月，而局中笔墨仍画扇件册页帐额等，均系主人自己并送友人，幸蒙主人颇为看重，画室卧处亦极明净，茶水尚便，身体安好，惟初至收润局中束修以外，殊属寥寥。铁马路与热闹地方相去甚远，值此酷暑，会客甚难，且俟天气秋凉或者另觅别寓，遇机而行也。姜少淮虹口亦远，已见过三四面矣。母舅处近不通信，兄本拟写信禀之，尚欲备或一扇附送，然犹未办妥也。近得云乔来信，闻吾弟业已换寓在渔庄处，不识近来笔墨能忙碌否？我辈工笔，酬应极难，彼此地方极大，能得免走动，宜免走为要。酷暑之天，诸须保养，慎弗轻意，是为至要。良姊病故，想吾弟处亦必有信，甚为可伤，因相离遥远，不能一往，抱歉万分矣。海上信力甚贵，后首如遇不大要紧之信，均由濮院转寄为便。因家中之信，往来略多，可以附寄也。又接亚楞子青来函所询外家住宅，亦属模糊，但知东塔寺东首十余门面，头埭店面墙门大约三间，二埭堂楼三间，三埭内坐室连修衚三间，四埭灶间连衚三间，东隔壁有书房三间，其前面一桑园，约三间之阔。两埭进深，其书房之后有一大天井，约一埭进深，再后面又有三间，西边灶间之后有酒作间，约两埭之数，都零星脚屋，但知内进六间开阔，不知其外面东隔壁是否耳。至于到小俞家桥几间门面，亦难确切，并不知两隔壁是何姓氏，此刻立户还粮，总有大概，何如至于久空在桑竹之中，甚无益耳，须与高明商之。春墅处素分拟送淮分一洋，十四日夏宅有人去，托渠带去可也。此复，顺询叔和五弟日佳。兄镛手泐。十月十三日。

叔和五弟如见：前从玉润来信已收悉。紫罗兰已去其墙边蝴蝶花而换栽之，其叶虽有焦色，必能复更也。兄之病咳嗽乃风热湿所致，终日服药尚难见效，拟俟一得病好，即要动身。润单稿一纸，望托九曲巷口同泰纸店代为一刻，宋体字刻就，即托伊印白凡纸黑字，最好用夹连四印二百张，愈速愈妙。再片印一个，亦印一二百张，其价寄上一洋，多少再算，最好再买些毛九纸，些稍厚实为妙。孙姑丈信今特附上。良姊病体已获好些，母亲尚在彼处，尚须帮治饮食故也。小照楼上厨内，据弟妇已寻遍，竟无，不识究竟如何，渔庄已否见过？张吟怀在上海何处？便中一探为要。夹背心单长衫各一寄上，望捡收之。申粹泰有云台款时妆小挂，催之不已。又岳芝绅手秋扇三页，亦来催过。《欢乐图》附上，望收。此候近佳，并请夫子大人阃覃大吉。兄镛手泐。

长衫一件、背心一件、《欢乐图》一本、英洋一元、片印一个、潮州信一函、润目。

第十通

叔和五弟如见：顷接云乔兄来信，得悉。一是钱子青公义分手，不识尚在濮院否？前信所托换取衣服已否取出？天时渐冷，赶紧为要。云兄转说吾弟动身应用一节，果是极要紧，奈兄处前次洋信，已是预先支取，此刻身边只存洋余零用，局中亦万难再开口矣，是以只得寄上夹袍夹衫各一件，至希查收为要。总之吾弟此番一回来，又要阻住杭州，又冷落矣。此等大地坊总不能一时就有生意，此刻至年终只两月，而两月之内，冻冰日短，人家大半心绪忙碌，岂非局促，万望吾弟赶紧动身要紧。用师如在杭州究属耽搁，伊处烦夫子吹嘘为妙。渔庄处素分亦是要紧，或我两人合送一洋，不过礼到而已，不识如何？兄之一分望向内子取寄为要。皮袍子倘尚需迟，望先将皮马褂寄来为要。洲东湾地基能否得有所望，然此刻时候又太迟矣。母舅处无信，孙姑丈已否回来？念念。前寄洋信之后，于念五六又发一信，英洋一元，折扇一页，笔两支，谅已收到。兄近来吃此六味地黄丸，身体尚算健爽，转禀母亲可弗也。此致，即询近佳，顺请。

母亲大人金安。内子至今未产，恐又不男矣。森儿识字肯识否？希令伊识识为妙。兄镛手泐。十月三十灯下。

皮马衣袖口上换些好皮为妙。

权和五弟如晤：前接体兄处附到手书，藉悉一切。时值忙促，即托体兄代为致复，度已收览。兄近来时运欠利，自七月初内子肝病大发，缠绵三月，饮食少进，卧难起坐，更兼儿女三人于月之初旬始而身热，继而四儿红疹、二女白瘩，皆非小病。且琪儿更属凶险，虽用女仆两人，然内外杂务、郎中煎药，均须日夜亲自当心，而心急形劳，非常拮据。近日虽瘩疹发尽，奈原气大耗，至今犹卧床未起，幸兄身体健，饭如常，大事无碍，尚算不幸中之幸也。然今岁笔墨颇有减色，忽有此医药多费，殊可忧也。前有桐乡程平甫经手巽揩款扇面，欲画人物，曾寄笔资半洋，其扇系桐乡县李公少君，即欲下任，屡次函催。兄件已寄，望吾弟见字即速动笔寄来，或直寄桐乡北司衙程平甫处，以省周折。即此，顺询研佳。兄镛手泐。立冬后一日。

第十二通

叔和五弟如晤：前扇面及洋均照收悉。其扇据约四月内实在不及，然即日可以画寄也。昨椿茂来，恺君经手一扇及润洋一元，又桐乡程平甫寄来李邑尊少君扇面及润洋五角，兹特一并寄去，至望捡收为要。如平甫手扇润不敷，可寄润格数纸，来信去加来。前托琛儿之像还望暇时嘱学生帮画，以了其事。此致，即候研佳。兄镛手泐。五月初三日。

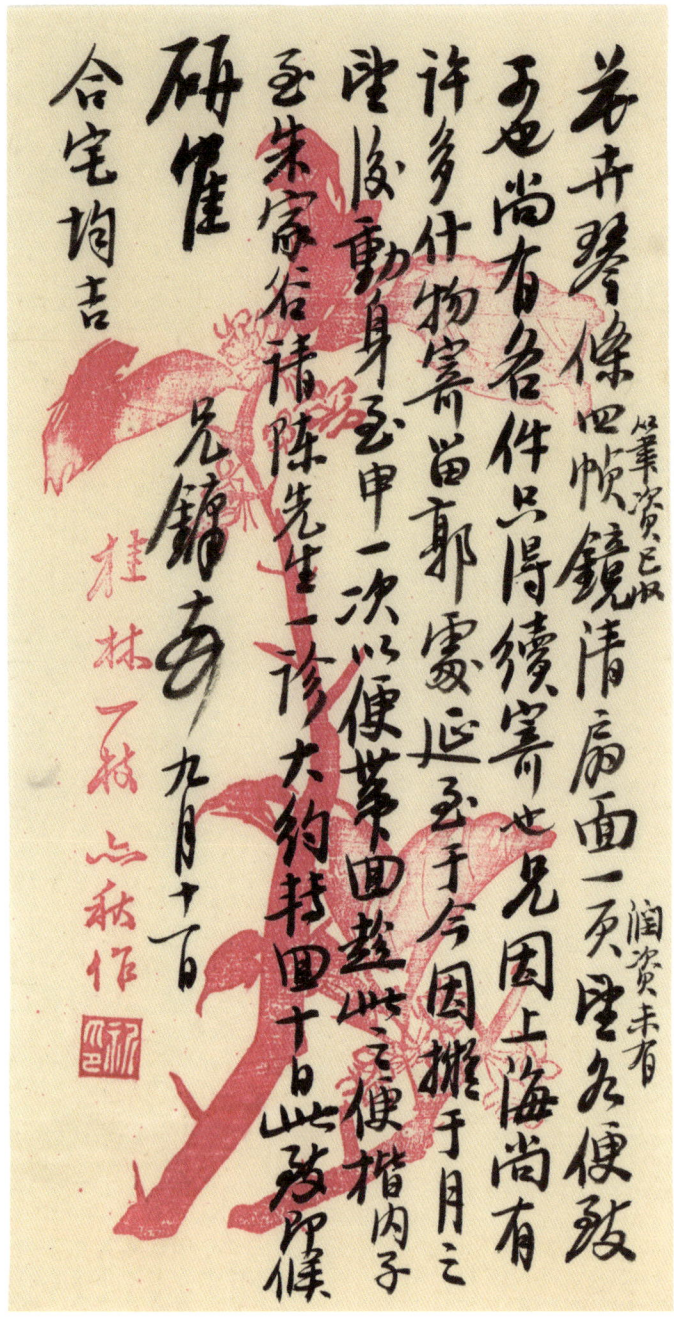

花卉琴条四帧，笔资已收。镜清扇面一页，润资未有。望各便致可也。尚有各件，只得续寄也。兄因上海尚有许多什物寄留郭处，延至于今，因拟于月之望后动身至申一次，以便带回，趁此之便揩内子至朱家谷，请陈先生一诊，大约转回十日。此致，即候研佳。兄镛顿首。九月十一日。合宅均吉。

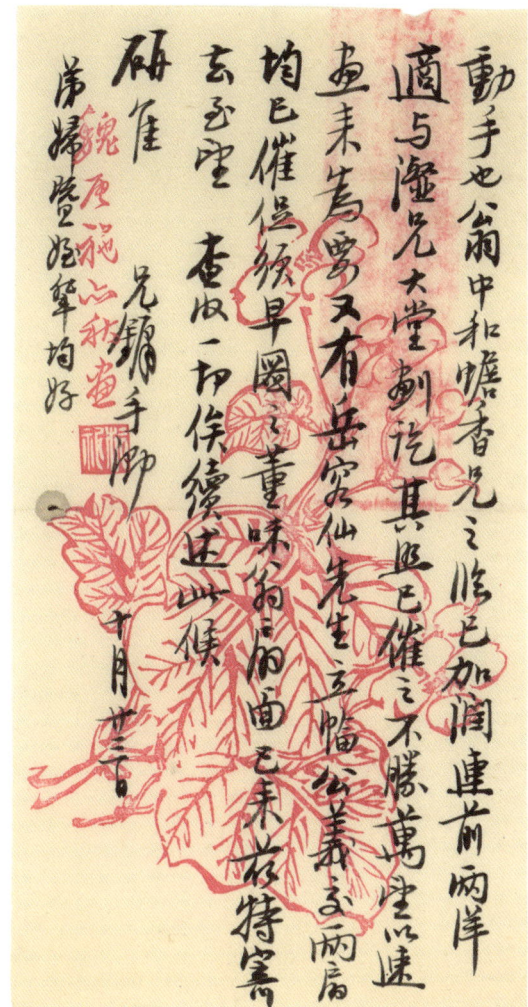

叔和五弟如晤：久不通音，想近况皆胜为慰。兄因上海前存什物久欲取回，是以于前月十七偕内子及儿辈开船，意欲趁便至朱家谷请陈莲舫一方，无如陈公适有湖北之行且赖嵩乔自己有病，二公均学生代诊，虽开一方亦不见佳。至申耽搁四天，廿九日始得抵濮，一切尚算照常。瀣仙兄所嘱画件当即日动手也，翁中和、蟾香兄之临已加润，连前两洋适与瀣兄大堂划讫，其照已催之，不胜，万望以速画来为要。又有岳容仙先生立幅，公义交两扇均已催促，须早图之。董味翁扇面已来，兹特寄去，至望查收。一切俟续述。此候，研佳。兄铺手泐，十月廿三日。

弟妇暨侄辈均好。

叔和五弟如晤：昨接来信并金箔等均已照收。书画件宜以早为妙。兄近来两脚生湿毒，脓水不干，不能步履，半月以来不大动笔，家中零用殊难设法，且六姑母处又来催促，故望见字后能得措寄几番者，以便续用，萃安兄处亦望催问为要。寄来花条无奈太行，是以寄还，望换半其两种，一青莲色缎地，一白缎地，俱金边。各二尺四寸官尺，余多或换白辫带一付可也。近来生意何如？倘有大空，或来濮一次为妙。再剪白缎地半其三尺八寸官尺，金半其三尺八寸官尺，望有便一并寄来濮宅，之《曹诗册》最为要紧，望即回音。此致，即问日佳。兄镛手泐。立秋后一日。

叔和五弟如见：前接来信，藉悉种种，并审客居无恙为慰。兄本拟一归，因年底积落些笔墨，催取甚迫，且身体小病时发，画者无几，幸刻下逐渐照常，正好了了画债，似未能回濮一转耳。所云母亲做生日，亦极应之事，然想我等向来应酬疏懒，戚友来往者甚少，恐亦不大闹热，况且刻下光景寥落，与其做外面虚套之事，不如先做实济。今年闰年极可先定寿木，据吾弟前番所说，乍浦托人恐将来至濮，水脚太费，或有便船者亦妙。再寿容在家时亦可早画，至于生日不如或开年正七十岁，正月间我等在家再可商议耳。兄前画六姑母寿容犹未补身，为吾弟裁脱，兄因至禾不便，今趁闰年，万望吾弟过禾时，复画一个，不可忘记。想亦年老之人弗宜耽误为要。兰叔在平必已见面，扇面两张转致稍缓寄缴，实是忙病相因之故，欲言一时想不起，后信再述。此致，即询近好。二月朔镛右。兄镛手泐。

叔和五弟如晤：去冬接到来书，藉悉种种。比维新岁如意、合宅咸吉为颂。吾弟足伤，想一交春令草木皆荣，人之血气亦然，至今必可逐渐照常耳。念念。内子旧年冬天至禾就诊两次，服药两月，颇见其效，刻下在家稍可料理家务，面色饮食一切渐欲照常之象，拟俟灯节前后再须更换一方，定可勿药矣，此系费公功德无量也。顺侄今年读书想必仍旧，琪儿因濮地馆规，平常且在家自课耳。专此，即贺新禧。兄镛顿首。

叔和五弟如晤：两接来信，知吾弟近患子母疟疾，此病能得热时，盖被取汗最易得愈，衣食起居宜自留心为妙。内子肝风渐平，而原虚食少，尚须调养数旬，或可得杂枕簟也。戴文节立幅伪本无疑，笔墨之板滞，款字之松懈，图书印色毫发无佳，特将原件遂即寄回，至望查收之。此复，顺询痊好。兄镛手泐。闰月廿六日。滢仙诸贤昆为代候，不另。

叔和五弟如晤：前托徐啸威兄转交一槭（缄），并潋仙扇面画屏等，谅早收到。自清明节以来，弟何以无一信？近来笔底若何？身体均安好否？深为念念。兄处惟内子老病未能脱身，其余均算顺平，可勿念也。今年霉时无雨，诸物昂贵，河道浅涸，耕种艰难。体三兄现回徽州，大约十月中可以出来，兹寄上鸣甫山亭扇面两页、伯慈连骨扇一把，至望查收。前岳容仙先生立幅能早日为妙，此致，即询日佳。兄镛手泐。

叔和五弟如晤：久不通信，殊深念念。伏暑以来，合宅谅多安好，今年时疫极多，饮食寒冷宜格外谨慎为要。兄处幸各无恙，惟内子老病时发，现今右脚行动不便，或麻或痛，此系气虚风动所致，久病原虚，无法可想也。近来东隔壁放租烟灯，其女人即王泥水之弟妇也，一母两女颇有土妓之风，日中卖烟，夜间赌卜，种种难以尽言，奈其与兄处灶间对面甚不洁净，因此决意要另觅房屋，濮地竟无合意，拟待中秋后至禾，耽搁一月，以便寻觅，或太平桥，或南堰，想房价贱些，吾弟以为何如？今年米价昂贵，兄之精神渐衰，每日所画无多，因之颇为忧虑。吾弟亦宜随时积省，想二侄年已渐长，必须留心婚娶，其学业要紧，不可虚度光阴。购衣物须购老实经用，想吾弟亦必以为是耳。所云祭田簿子虽无其总田之簿，必在弟处，其祭田由乱后分家时从总田簿抄落也。然田之四至簿上并不写明，只有某处庄某姓种田几亩几分，祭田簿一样写法，故只要看总簿可也。近来坟上可有信否？念念。陆缄三处之笔资并纸半曾否找来？后云之五尺屏究属要画否？来信并未提及，便望来信写明为盼。姜家之田可得实信否？一切再图面商，专此，即询砚田百益、合宅均吉。兄镛顿首。八月初六日。

叔和五弟如晤：前接来信，藉悉一切。所云庞、姜二姓所种之田，祭田簿上不过姜某某种几亩几分，其田在何处，每块四至几弓多不注明，反不及碑上清楚，至于祭田之簿向来在母亲房里，后来故世之后，皆吾弟经手，兄自上海回来，并不曾捡点，是以兄处一决不曾收拾，并非遗脱也。为今之计，此事实不在行。其量田，几弓几尺，为几亩几分，多不明白，看者徒然，须请在行一人同去方可，其大约皆在碑上后面详注明白也。故田簿既不注明四至，并其在何处地址多不明白，似属可有可无矣。其管坟之费，甚属微微，照五环洞即沿河一条桑地就算作看管坟之费，其不过几分而已，故凤桥不消多也。先此泐复，顺询砚吉。兄镛手泐。五月十二日。

叔和五弟如晤：前接来信已悉。所云田簿扶梯下翻出一叉袋一脚篮，总想必在其中，无如竟无影向，于是各处细寻，徒然白费手脚，无可设想因虑心起一牙牌神数，据数详解有柱用心机之言，兄处实无所有矣。忆吾弟迁平之时，所有老房里零星物件，吾弟曾已细细捡阅，或者挟在其中亦未可知，故数中有瞻之在前兄在前总道在兄处，忽焉在后弟在后忽在弟处，所以未可知也，万望吾弟处再细细翻寻为要。此物总无人团入字篾，断无扫脱之理。专此布复，即询研佳。兄镛顿首。五月廿六日。

附神数一则。

叔和五弟如见：今接来信，藉悉种种。所云帮岸虽未变卖，其势必有所因，否则岂有不写信通知也肯费技工。故兄处初六日又去一信，云先人多未安葬，坟上如此光景，每至祭扫之时，不禁向隅垂泪，实因限于力，非盲于心也。然祖上本有祭田可以修理，因为七房变卖，虽当时用之易尽，以致目下如此光景，岂无天理？所以此种钱不可用，凡为人总要想后代昌盛，现在惟此一块地基，早径（经）说过若得变卖者，安葬先人、修理坟屋、补种坟树，即在此款开销，实出于无力气之故，如有肥己之心，惟天可表。刻下将此帮一卸，此地更无善价矣。兄意须早托人变卖，如有受主可将。

第二十四通

叔和五弟如晤：前寄人物屏八幅谅早收到矣。近想吾弟病必已获愈矣，念念。兹者先人坟墓无论贫富，总之入土为安是最要紧之事，无可推委也，至今我两人既无力为之，亦必须想法措办为要。今冬腊月渐近，兄处现有濮院葬会钱四拾千之数，其办自祖母父以下约共六七葬之数，至少百余千文，若再迟谅亦无益，故兰叔前云吾弟处所有两种卖剩祭田，将一种变卖以作葬费，或即姜顺德之六亩半亦可脱去。想吾弟租米既收，岂有不着实之理，惟因此种近坟较之可惜耳。总之先人安葬，为子孙之心即可稍安也。兰叔现在嘉善丝行内账缺，兄亦信去矣。专此，即望回音，顺询近好。兄镛手泐。小春十三日。

叔和五弟如见：来信及账簿均已收悉，所费之大颇出意料，到完工总算九十洋之数，但兄处已竭力尽其所积矣。奈吾弟原意未免太少，故至东借西扯，兰叔处所借十洋，此刻实不能还，只好与吾弟各凑其半，兄之五洋亦不能措寄，只好将来陆缄三笔资找来付还五洋可也。祭田簿子并非遗失，然再四翻捡竟无影向，还不知七太太收拾否？此亦无处着想故耳。吾想做坟亦第一件要事，且不可过迟，总之要随时积省，切不可顾虚门面，不识吾弟以为何如耳。一切再当商之。此复，顺候研吉。兄镛手泐。三月廿七日。所云庞家之田，乱时并不卖也，惟同浜俞家前曾卖过，克复之后，七叔已要回矣。万一卖过，总有卖契为凭，不能口说也，又及。

叔和五弟如晤：顷接来信，一切展悉。所云兰叔处一节，实因兄处所谓小船小水，今番拨出五十金之多，凑之已尽，谅吾弟大概可知也。兄与吾弟润目大约相同，均出一人之手，岂有多寡大隔耶？彼此艰难，虽同胞手足，实非昧于心而限于力也。陆缄三六尺堂幅屏幅均就，兹特寄上，至希查收为要。尚有五尺花卉屏四条，只好五月中再寄矣。坟田一节总要有账簿，且须又要四至方可明白好查，若无寸尺徒费功夫，其田户亦多，后辈究竟真假难料，且再商之可也。专此，顺候研吉。兄镛顿首。四月十一日。

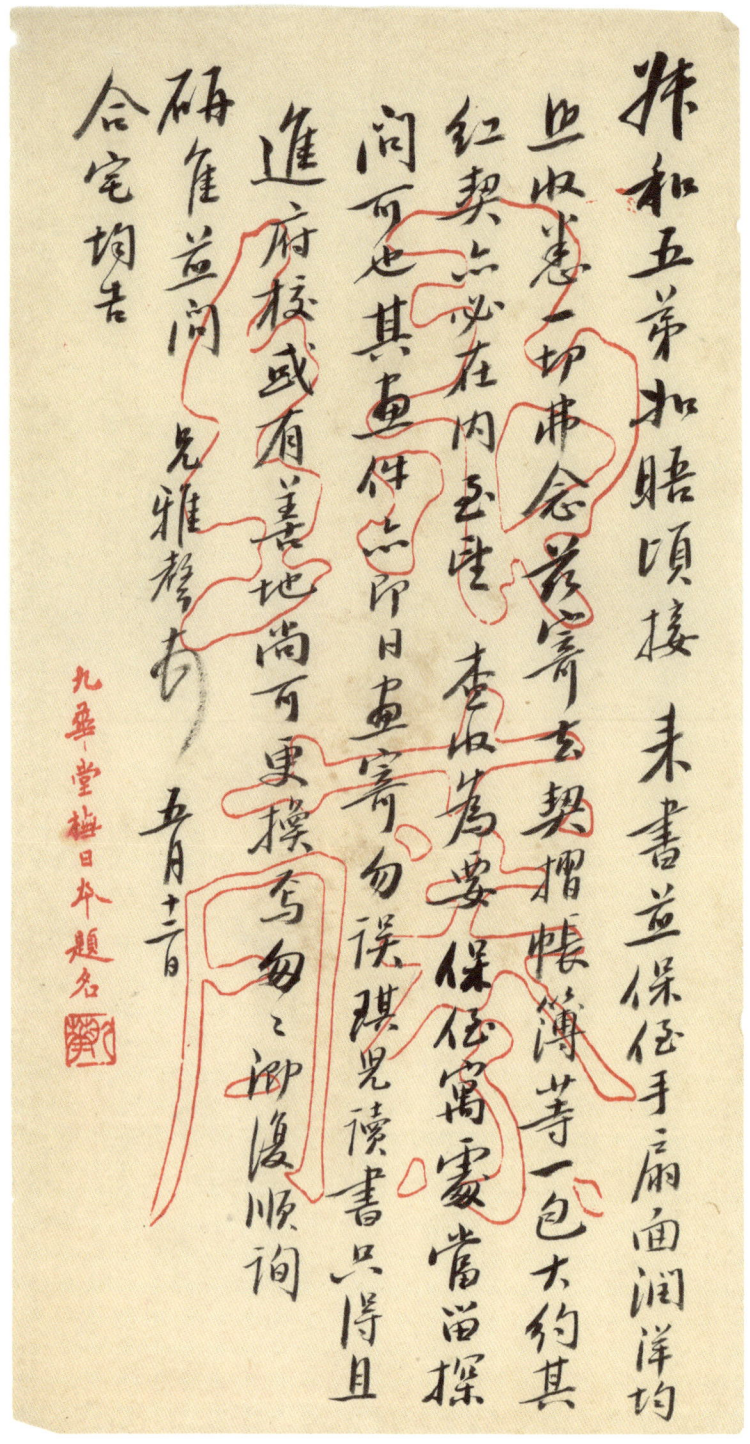

叔和五弟如晤：顷接来书，并保侄手扇面润洋均照收悉，一切弗念。兹寄去契折账簿等一包，大约其红契亦必在内，至望查收为要。保侄寓处当留探问可也，其画件亦即日画寄勿误，琪儿读书只得且进府校，或有善地尚可更换焉。匆匆泐复。顺询研佳，并问合宅均吉。兄雅声顿首。五月十二日。

叔和五弟如晤：昨得辛甥来，藉悉吾弟寒热已痊，均各安好，甚慰悬悬。所有前之来信，云修故屋一节固不可免，惟年来彼此病魔纠缠，费用百出，了无余蓄，且葬事亦不可缓，尚恐不能筹措。兄意先将大段草草一修，所有坍脱、旧时砖瓦并将祠堂东首三间一并弃之，只修祠堂间及西首书房间，大约砖瓦旧木不缺矣，其余只要泥木作工本及钉纸经石灰之类，想必不消大费也，不过暂免其坍倒，至于门窗能得有人家旧门旧窗或可便宜，然宜缓而图之也。一切如何，再可函商。今辛甥嘱寄蓝素绸一段，计一丈一尺，其价每官尺一角七分，余多角子一枚，青蚨卅三文，至望查收为要。嘉兴陆新甫堂老于月之十三作故，十六日领帖合送素分洋五角，并信致新甫，以杂务羁绊不及至府云云。葛宅画件因天气潮湿，生纸着色不宜，稍缓即寄可也。专此，顺询研佳。兄镛手泐。七月廿七日。

叔和五弟如晤：前接来信并素分派账□悉。惟兄处轴心未知其价，又连年会馆中，纸锭费应派，约来相去无几，再划可也。所云祖父阴寿，兄处要礼忏一日，现定于九月十九日在西寺里包忏（？），并非要弟帮贴也。其时如能得空来濮一日叙之，所有修屋安葬之事实难再缓，但愿我两人笔墨兴隆，方可了此宿愿耳。禾中地基等事，兄因今年卧病日久，至今犹未全好，画件阻落，更觉忙碌，实无空闲至禾。如吾弟能有主顾，兄当帮言作成可也，万望留意为要。专此，顺询研佳。兄镛手泐。九月初四日。

叔和五弟如晤：前濮二甥来，藉悉合宅均吉、笔墨丰湣为慰。并闻有禾中之行，刻下谅已回平也。兄处今岁笔墨寥寥，幸近得南浔金氏来请，在浔耽搁二十余日，所有笔资聊补前空。所虑者兄年将五旬，精神渐衰，虽终日动笔，竟不能多画，以致积件仍多，亦无可如何耳。但年来不但无积蓄，质库中尚有所空，年复一年而后顾茫茫，殊可忧也。坟屋之举迫不待缓，据兄意只可包工，自添石灰纸经等料，至于砖瓦木料，想东首拆去，大都勿缺矣。因今年更不比往年，只得简而又简，免其再坍而已。母亲之柩可否移放其屋中，来年须设法安葬为要。濮地会馆中，每年中元节纸锭费四百文，兄处付出矣。去年中秋吾弟所挪之款，其半系从体老处转商，但体老为近来多病费，以故屡次示意，且据说吾弟前年有赎件代垫者约眉毛之数，屡次虽不明言，似甚难为情说也，望吾弟须为留意，以了其事。彼此空手生涯自必伍相顾恋也。吾弟前日至禾小落北转否？兰叔见面否？兄与吾弟实无闲日想渠，丝业必暇，要渠费几日功夫，定无不可也。凤威款扇一页画就寄上，至望捡收为要。此致，即询日佳。兄镛手泐。闰月初七日。

潘振镛致潘振节

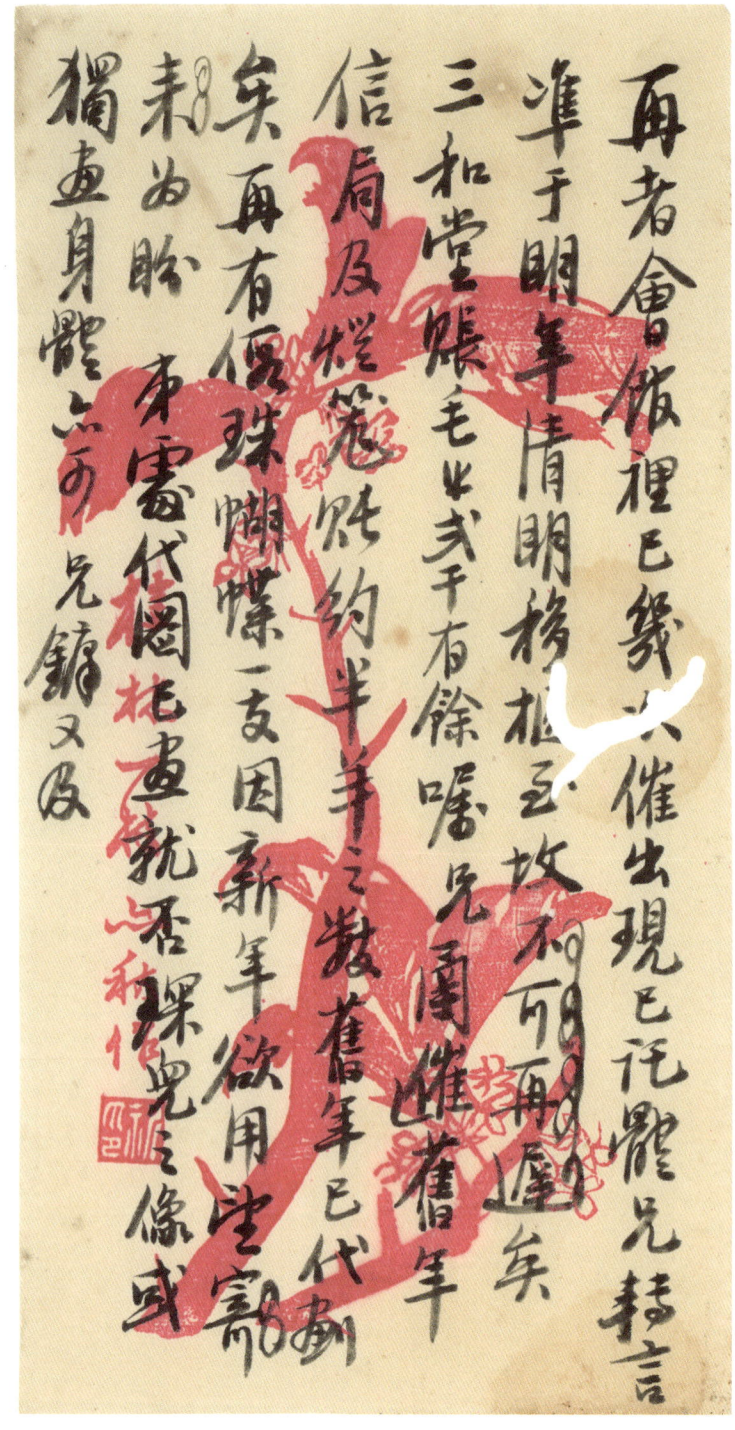

　　再者会馆里已几次催出，现已托体兄转言，准于明年清明移柩至坟，不可再迟矣。三和堂账毛肆贰千有余，嘱兄函催，旧年信局及烂笼账约半羊之数，旧年已代划矣。再有假珠蝴蝶一支，因新年欲用，望寄来为盼。弟处代图已画就否？琛儿之像或独画身体亦可。兄镛又及。

第三十二通

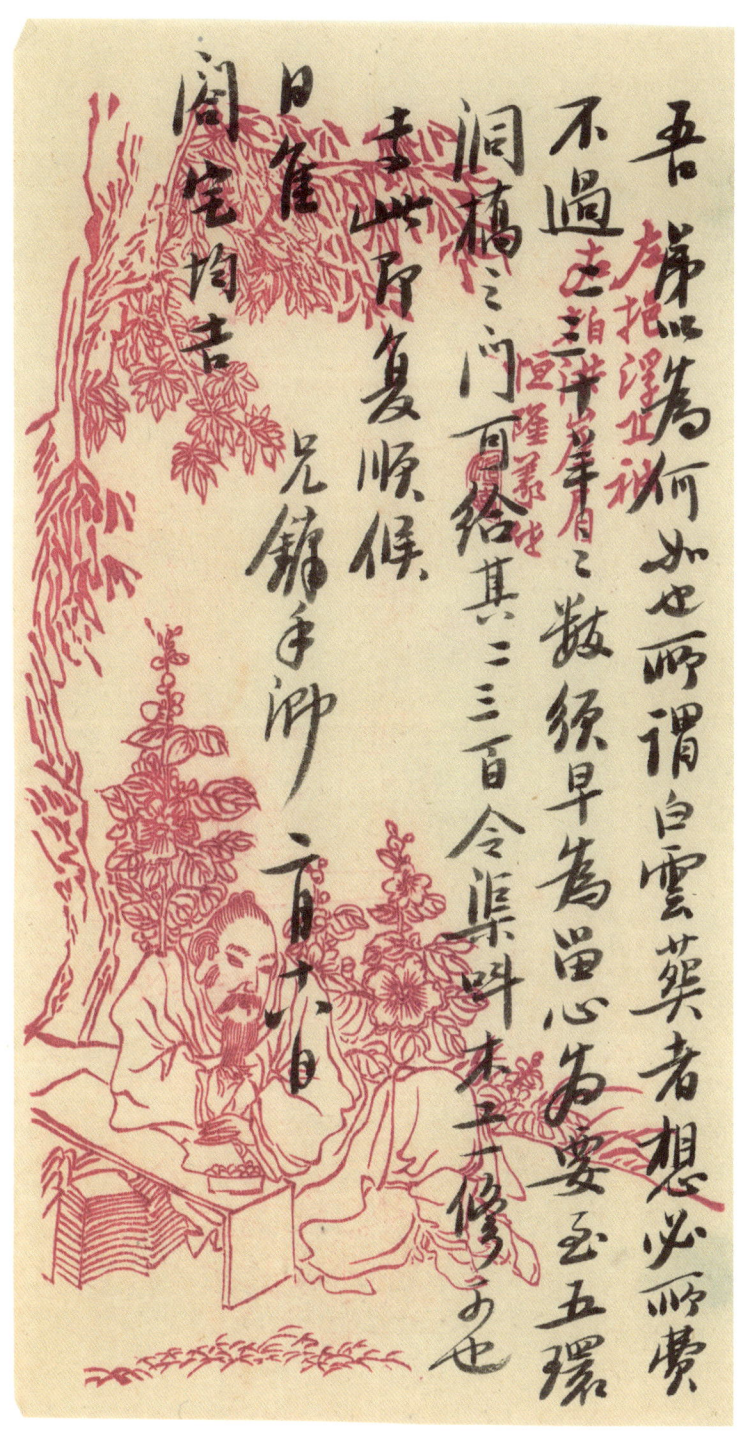

吾弟以为何如也，所谓白云葬者，想必所费不过二三十羊之数，须早为留心为要。至五环洞桥之门可给其二三百，令渠叫木工一修可也。专此，即复顺候日佳。兄镛手泐。二月十八日。合宅均吉。

潘振镛致潘振节

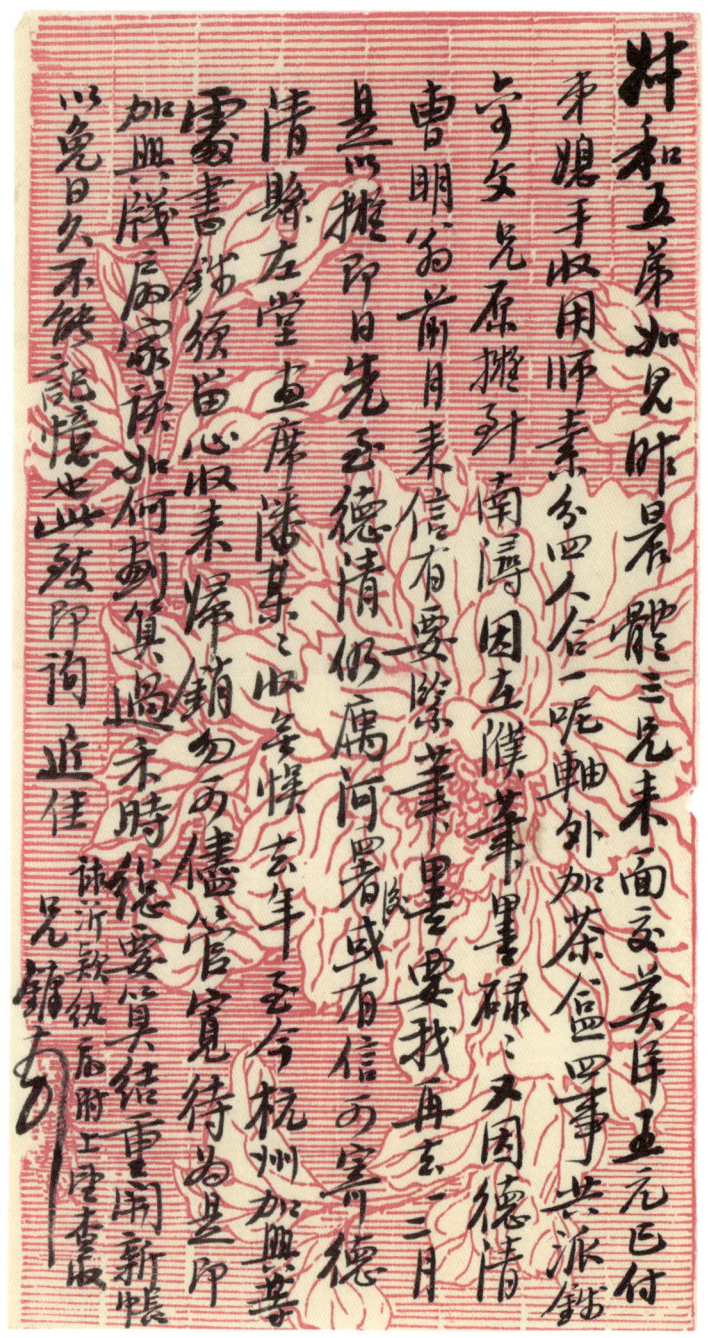

叔和五弟如见：昨晨体三兄来，面交葬洋五元，已付弟媳手收，用师素分四人合一，呢轴外加茶盒四事，共派钱六七文。兄原拟到南浔，因在濮笔墨碌碌，又因德清曹明翁前月来信，有要紧笔墨要我再去一二月，是以拟即日先至德清，仍寓河署后，或有信可寄德清县左堂画席潘某某收无误。去年至今，杭州、嘉兴等处书钱须留心收来归销，勿可尽管宽待为是，即嘉兴笺扇家该如何划算，过禾时总要算结，重开新帐，以免日久不能记忆也。此致，即询近佳。兄镛顿首。泳沂款纨扇附上，望查收。

叔和五弟如晤：顷接来信并堂画一幅收悉无误。所云五环洞坟闻彼处乡人可恶，上年沈宅做坟颇多费事，是以拟与代葬局商酌，能经局办可免口舌，故已托邵敬之兄转商。据云腊里尤恐不空，或腊前腊后业已托兰叔讨敬之处回音也。张老先生犹未来，据敬之所料，彼处既说掉换，未必虚言，此时实在无暇，且略缓移石过来立之可也。兹寄上葛氏琴条十二张、横字一张，至望捡收为要。此候研佳。兄镛手泐。十一月十七日。顺隹均吉。

叔和五弟如晤：前寄一函并琴条十二度已送到。五环洞做坟前，兰叔与顾升伯至乡，闻得前年沈坟颇费孔方且费唇舌，雇江北人来，不料临近乡人不容，以致出两番工价。今故拟经代葬局，无如局中早经排定日期说不能空，现顾公选定十二月初十吉时起，□□葬前约管坟老妪同乡人来包工，想亦不致大费也，此时吾弟能来最好。今顺侄寄来洋信纸件已收，馥岩在栅，未来当面又可也。此致，顺候研佳。兄镛手泐。仲冬廿三日。

叔和五弟如晤：别后兼旬，想起居佳胜为慰。前日董询五兄所属吾弟起无量寿佛稿子，琪儿曾见起就，未知搁在何处，因询五兄来取，竟无寻处，故特函问，须即回复为要。鳗鲡堰桥桃泥又来找一元去，据琪儿当时听得实有所许，谅无误也。五环洞坟曹君于节前来过，说约须十元之数，于是又付七洋，据云做就后再来回复，至今未见其来，想必未暇之故也。此致，即问近佳。兄镛手泐。三月廿七日。

叔和五弟如见：弟处初七早发之信竟被禾局失寄至濮，由濮再寄至禾，直至昨十一日下午始得展悉。弟妇病势沉重，殊深惊诧不已，想此症虽属利害，能得大便一解即可见轻。初七至今又有四五天，其中必有挽回，只因一水所阻，且兄亦因感冒风邪，咳呛胸满，曾服药五六济矣，想弟妇以医药为要，弟妇素性喜凉，一夏一秋所感非轻，是以总须医药为要。所谓外修里补者，人手既少，似可不必也。但不识近日若何，万望仍请拜昌老棣寄吾数行以慰悬悬，是为盼切。此致，顺候日吉。兄镛手泐。仲冬十二日。

第三十八通

叔和五弟如晤：新岁春雪大作，即维合宅纳吉、笔研呈祥为颂。兄处地僻，因雪懒于步履，仍在家作画而已，年兴寂然，今接来书，悉弟妇夫人择于月之十八日入祠，极拟至平一拜。因乌镇王处亦约在十八九，且雪意仍未肯止，往来须雇船多费，是以寄上代锭一缄计英洋乙番，聊申鄙意，至希捡入是荷。薛表弟处一节事甚好，惟彼处如何，再俟探听可也。专此，顺候春禧。愚兄期镛顿首。

附端木乐亭分洋六角，家霁云洋五角，七太太三角。外附炕屏四张，烦交拜昌老兄察收。

叔和五弟如晤：昨接来信，傍晚俞二同顺姑娘来濮，得悉近况，一切为慰。阿顺之阿婆一日几次来问，来时却好在家，遂令渠同去，才已脱累矣。至于阿三不到平者，据俞二说来，是兄之故，而其实临动身时，与弟媳口角，而弟媳嘱七太太、嘱内子勿劝，并嘱兄要渠不许到平，而兄亦每看其举动非妥，一则储家既已结仇，本来背地颇有泥言，若一到平，恐其愈多说话，二则阿三自己首饰衣服俱是东拉西借，尚难满其所欲，一有亏空，难保无窃逃等事，且近来抹粉涂脂，轻狂渐露，勾引得阿彩终日在街游荡，难保无同人走脱等事，所以弟媳既要回绝，遂代说说。不料吾弟先有借洋两元，谅弟媳亦未必知也，兄更不得知矣。日前，曾劝吾弟费用宜省，无如吾弟好胜性成，言之亦无益，如此巨款，将及一月，一挥而尽，未免过于慷慨矣，笔墨生涯，来路岂易哉，至于弟媳之面前背后，即如为阿三一事，何以尽推别人，无怪往日受屈者自来不止一端矣。所云吾弟旧病复发，必因此番劳神劳力之故也，须得静养几天为要。俞二据云实因有事，准于初八动身至平也，至于用人，只得本地人最妙，若别处更多陌生，并且远出不能贱，且来往趁船出，不论合意不合意，先要船上周折，一城之间，岂不能觅一用人耶？书此布臆，顺询日佳，并候覃吉。兄镛手泐。端阳后一日。

第四十通

叔和五弟如晤：前寄一械并有花卉炕屏两堂，谅早送到矣。近日笔墨谅必忙碌。上坟仍由禾地买舟否？宜天好早去是幸。七太太于前月廿七起，病体热不退，言语糊涂，其势沉重，拖日子而已。现今小妹已来，惟此间又要一番举动，甚畏也。再文老送顺侄笔资一元，今寄上，至望查收为要。乾斋山水屏望带来，弗忘。此致，顺询日佳。兄雅声顿首。三月初八。

叔和五弟如晤：前寄一缄，谅早投至矣。近想吾弟病体已否获痊，念念。七太太已于昨日至禾，体三所托使女望留意。沈陛卿昨午作故，甚为可惜，兹寄去拍照一张，望宿临一面补身，只消行货应酬而已。近闻戴子轩荐有一徒，不识笔墨若何，此幅可嘱渠代笔，因十九日神回，十六日必须寄局，能再早一日更妥，因局中往往空信先至而物件迟一日故也。笔资必无当差，兄当代寄可也。专此，顺询研佳，并候覃吉。兄镛手洇。六月初十日。

叔和五弟如晤：昨接来信，得悉一切。英洋两元遂已交出，绵袄壳子业已剪就，已交成衣去做矣。兄于前月惟觉身体疲倦，至月之初一日起患大小班，寒热每逢大班甚重，幸初八日得止，后来大便不爽，腹痛如痢，至今虽已无病，而精神尤未照常，所以尚难动笔。回忆病时适内子不能起床，一切医药饭菜惟仆妇钟妪一人，别无照料之人，苦不胜言耳。吾弟处幸七太太与弟媳颇为莫逆，一处伙食互相照应，可勿念也。家中诸事兄直至此番始悉，其细不可为笔谈耳。惟顺侄及三侄女近亦有寒热之症，幸热退之时，起坐照常，想在童年，定无所碍也。沈陛卿之会已于夏至得收矣。皮袍已就，稍缓当寄，兹寄去棉被一条，至希查收为要。兰叔父近来在平否？品弟故濮地并无信来，直至端木小妹回来始得其信，所以兄处分子值此病务流连尚未曾送，或俟冬至节再行补送耳。杭州心孚处月初来讣，悉五姑娘于八月廿六故世，因讣文上有择日开吊，分子亦未送去，吾弟如何送法，便时来信关照可也。此致，即询研佳。兄镛手泐。九月廿七日。

叔和五弟如晤：昨接拜昌老棣手书，得悉弟妇近患风温，病势沉重云云，殊属悬悬。极拟教二宝至平料理汤药，但伊性情愚顽，平日家务素不经心，尤恐徒费往返，且伊母因移居劳顿旧病正发，以故不克如愿。想吉人天相，刻下曾否见轻？若得医药对症，定可速病体速除也。专此暂复，尚望随时寄我数行为盼。此致，即询日佳。兄镛顿首。十一月朔。

第四十四通

叔和五弟如晤：久不通音，想起居胜常，合家安好为慰，兄处笔墨之外无所兴致，惟家中均各平顺，可弗远念。俞二自夏间来借洋之后已几次着人去寻，竟未有一见，不识可曾至平湖否？近来弟处笔底忙否？念念。兄约在月之下旬至平，兹寄去四尺条幅一张，系南浔金氏所属，要画人物，望即一画为要，笔资一羊（洋）在兄处，面划可耳。专此，即询近佳。兄镛手泐。九月初十日。

叔和五弟如晤：前寄花卉四幅、素纸一张，谅早收悉。所有素纸为南浔金氏所嘱画仕女，因彼处吉期在即，万望先为一画，附润格二三张，以便彼处送润也。保之侄近无信息，不知曾否回平，念念。岁将暮矣，忽忽又是一年矣。兄亦忙甚。专此，顺询研吉。兄镛手泐。十二月初九日。

第四十六通

叔和五弟如晤：前来函并致兰叔一条已交去。姚君年内谅不出去也。今南浔金氏有四尺集屏一张，要吾弟画仕女，润洋未送，要润格可寄数张，此件为信局迟误月余，恐吉期在即，万望拨先一画，连润格一并寄吾为要，幸勿迟误。今寄去徐拜老花卉四幅、金纸一张，至望捡收。此致，顺询研吉。兄镛顿首。仲冬十二日。

叔和五弟如晤：近日天气潮热，疲懒异常，当此湿令，尤宜慎之。迈孙款折扇一页画就寄去，并附南浔金氏寄来有册页两大两小，巩伯款大小各一，玉森款同上，拟送笔资两羊（洋）。本属体三兄代应，而体兄嘱为先寄，或俟画就寄去再当寄赵何如，节前曾寄一械并洋乙元五角、扇面两页，谅早收到，念念。近来米价日昂，刻下贵至六羊（洋）之数，不识平地若何。今年兄处笔墨惟扇头小件碌碌，而大件甚少，所以较之往年颇形减色，弟处若何，念念。即询近佳。兄镛泐。

第四十八通

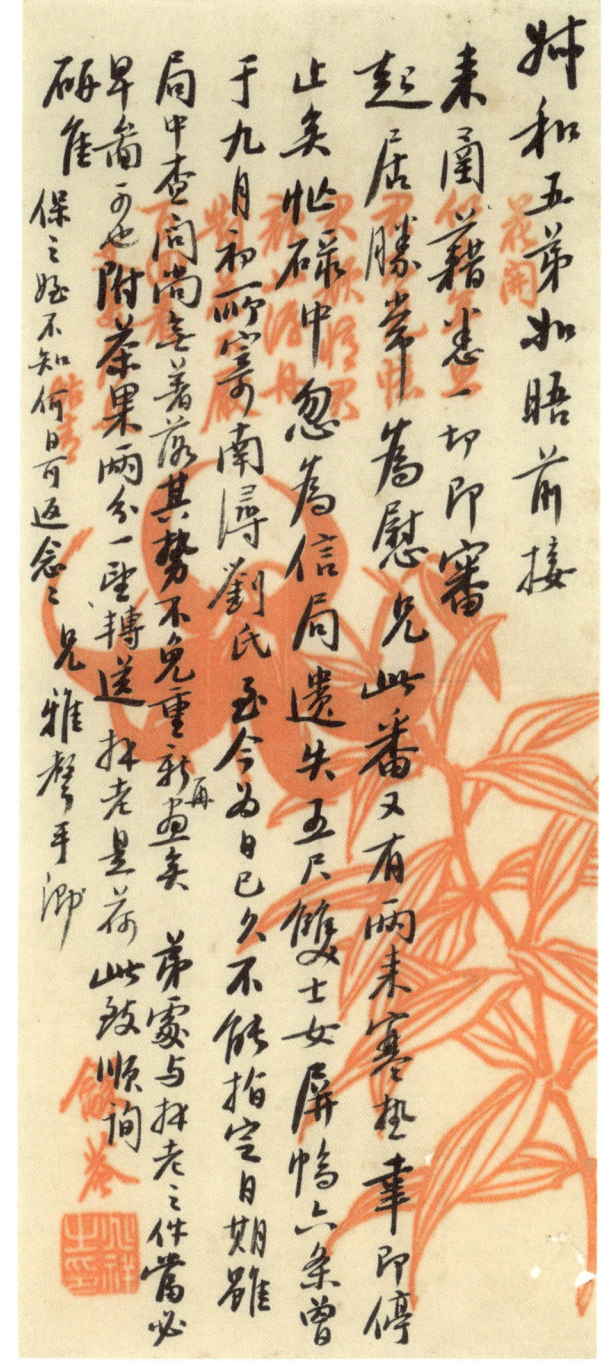

叔和五弟如晤：前接来函，藉悉一切，即审起居胜常为慰。兄此番又有两来寒热，幸即停止矣。忙碌中忽为信局遗失五尺双士（仕）女屏幅六条，曾于九月初所寄南浔刘氏，至今为日已久，不能指定日期，虽局中查问尚无着落，其势不免重新再画矣。弟处与拜老之件，当必早图可也。附茶果两分，一望转送拜老是荷。此致，顺询研佳。兄雅声手泐。

保之侄不知何日可返，念念。

潘振镛致潘振节　155

叔和五弟如晤：别后直至八点钟抵家，幸兰叔父代为料理，对亲事与媒人匆匆一叙，即刻上船去矣。兹附茶果五分，一交七太太，一交拜昌处，一送葛稺威，一送澀仙，令弟便时代为分送为荷。所说柩上布漆者，前母亲之柩，内子记得十斤漆，如今八斤还算简省，恐吾弟记错，故附述之。内子拟于初三四至平，一行木已成舟，只可自慎为是。专此，即询近好。兄镛手泐。仲冬廿六日。

叔和五弟如晤：久不把晤，殊深系念。近想起居如意，笔研胜常为颂。兄自内子故后，琐事碌碌，愁怀莫解，虽近来笔墨无多而旧时所积尚多负欠。前夜初八黄昏时，忽患时疹，吐泻腹痛，当时即叫剃头推挪，初九请医诊治，据云伏邪未理之故，刻下惟觉疲软而已。二宝准于十月初八日出阁，因其路远，男宅欲请兄处送亲到彼，兄恐多费往返，是以未定，届时吾弟如能得空来禾数日最好。此致，顺询研佳。愚兄期镛顿首。九月初十。

顺侄近来习画如何？前有信来要我写扇，其信不识是否自写，因字好。述及。

徐拜老昨来嘱画件，有润笔三洋已收到，匆匆未及致复，望先说一声为要。

潘振镛致潘振节 157

叔和五弟如晤：前接来函，并润洋六员（元），如数收悉。藉审近来身体如常，惟精力欠爽，尚须调养为要。所嘱植甫款屏条，适因兄处绢少，照此四幅，竟须八尺，如缀云阁零买，每尺三百余文，近乎三洋之数。且天雨泥凝（泞），不及去买，故用纸本。今特画就寄上，望查收为要。其润资尚少两洋，或俟吾弟带来可也，其纸价不必也。再七太太近在兄处嘱笔，要吾弟付两洋候用。再者友人要画男像一幅，润只送两洋。临拍照，像不像弗论也。不识吾弟有暇画之否？便中回复为盼。二宝出阁，十月初六彼处大媒领盘来禾，所以兄处于初六中饭正席，初七早上开船送亲至乌，已须傍晚抵岸。初八午后，男宅备花轿到船迎娶。初九早上望朝，随即开船回禾。日短路远，殊多周折，吾弟能早几日来最好。如有管家，可托顺侄、侄女辈一同来几日为盼。其田务一节，且俟面商也。专此，顺询研佳。兄期镛顿首。九月二十日。

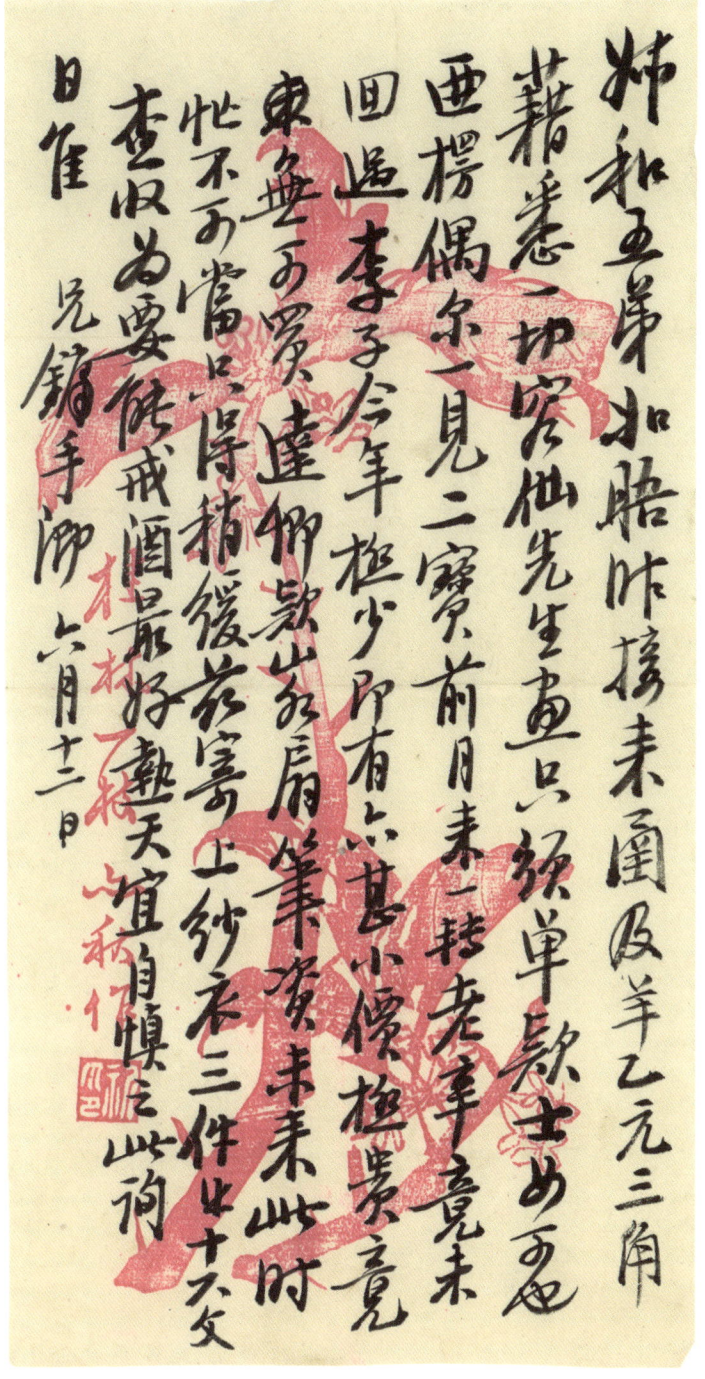

叔和吾弟如晤：昨接来函及羊（洋）一元三角，藉悉一切。容仙先生画只须单款士（仕）女可也。亚楞偶尔一见，二宝前月来一转，老辛竟未回过。李子今年极少，即有亦甚小，价极贵，竟无可买。达卿款山水扇笔资未来，此时忙不可当，只得稍缓，兹寄上纱衣三件，□十六文，查收为要。能戒酒最好，热天宜自慎之。此询日佳。兄镛手谕。六月十二日。

叔和五弟如晤：前寄一械，度已收到。濮二宝已来，昨日来问曹倦翁诗册，禾地无有主顾，可即寄来为要。廿斤黄金箔因待用，宜早日买来。寄去呢夹背心一件，望捡收之。刻下凉热忽变，须格外当心。搽（茶）酒应酬无非虚情，不可太过，总宜积省为是。此致，即询近佳。兄镛手泐。六月十四日。

第五十四通

叔和五弟如晤：前寄一缄，谅早投到。端木小妹外症幸已渐好，药可不必矣。阿三出阁渐近，昨日和甫兄始来商量一切，云亦要送亲至青，是以拟于初一日中饭正席，当晚我辈落船，初二带妆起早开船，初三上午行娶，下午回门至船，初四望朝，初五回禾，此时多半未备，望吾弟早日同顺侄暨两侄女雇船来禾为盼。此致，即询研佳。兄振镛拜手。

附请帖一分，烦转致之。

叔和五弟如晤：久不通音，想起居无恙为慰。近日保之出门，未识曾否定期，度因笔墨所阻也。兹因三宝为其阿婆有病，信来催去前上海，惝如所寄之衣服须要带去，且恐有不合意者，必须掉换，故特嘱笔，务望即速寄来为要。保之如未即出门，有闲可来禾玩玩。此致，顺询研吉。兄镛顿首。五月初八日。

第五十六通

叔和五弟如晤：久不通音，想眠食如常，合宅咸吉为慰。兄亦身体安好，惟年来畏寒较甚，衰像日增，是以笔墨少出，不减而减也。前乌镇三宝有炕屏四张，是否托顺侄画者，近因彼处来催，故及之。兰叔昨有信来，云林客难得寻觅，原信附去，望自裁之。岁又暮矣，余俟面悉。此致，顺询研吉。兄镛顿首。十二月既望。

叔和五弟如晤：顷接来信及画绢润洋，均照收悉。藉知合宅安好为慰。至于笔墨，春初果属寥寥，因未至其时也。兄于月初曾有一信，今读来信不提者，必为信局失脱矣。所云地基，其人不来，总难设法，此刻向何人打话耶？琪儿于月初之初五进嘉县学堂，先付半年饭资十五洋，书籍费三洋，然此时读书者较之旧时更必多费耳。上坟者拟于过清明看天好，大约月底可也。乌镇恟如处定于十四日剃头，亦不得不略顾门面，其时必有船去，但琪儿在馆不能去，兄亦无意至彼也。想吾弟笔墨既云不忙，何弗来禾一次？所带铺盖趁船亦便，至东门摆渡可到也。此致，顺询日佳。兄镛手泐。二月初十日。

第五十八通

叔和五弟如晤：昨接来函，藉悉一切，知途中平安为慰。琪儿学业，平湖先生果好，因想有一水之隔，近来适因习画不能两得，是以只作罢论可也。专复，顺问研吉。兄镛手泐。三月廿三。

叔和五弟如晤：前保之来，略知近况，但照此时势，各业减色，吾辈笔墨清淡固所不免，然为负米计者，凶在无期可望，正不知如何为可，忧不胜忧，只好得过且过可也。陆冠臣六尺屏四幅已就，连旧时两幅一并寄上，至望捡收为要。其笔资不必寄来，留在弟处，日后再算。地基要等招报时再行设法，兄已托季良代谋矣，未知能如愿否？但能如愿果好，惟恐前几年银朝尚须认还。此致，顺询日佳。兄镛顿首。端阳后一日。

屋基与田地不仝（同），此基报至四亩八分半。

叔和五弟如晤：今接来函及洋九元，并各件均照收到无误。所云地基之事，庄书处，闻前途早已用钱说通，已为通同一面矣。兄早与吴进仙、陈练江辈商量，俱说此地为大众皆知是潘宅之基，如要挽回，必须要进禀官办，尚可有望。然前几年不承粮，又恐挽回不转，若不经官办，前途断断不肯让还也。总而言之，无孔方不能作事。若说掉换之地基，本是邵敬之学生家之产业，亦因前途先去承粮，欲图霸占，于是学生家央人说之再四，尚算出数十金买定，若与对掉，尚可无虑，如必要原地，央人进纸直至官断，输赢不定，其费亦不可定，倘能侥幸，亦不过一片荒地，毫无出息，打官司，大声势，要回来，不为造屋，岂可变卖？年年纳粮，似无所取。据兄看来，只得候伊秋凉回来，再当函致吾弟，商量而说之，若说立石，未经说妥，去之甚易，为他人拔去者颇多，岂能看守也？此皆由于时势，以强为胜，不讲情理，以致如是耳。专复，顺询研佳。兄镛手泐。六月望日。

姪女辈均吉。

叔和五弟如晤：忆前来信并扇润洋均早收悉无误。信中一切自当留意，近想起居如意、合宅均吉为慰。兹者昨有陈锦舟说及姚君鸿史闻月底来禾之信，想其家眷在外，来者必不久住，故特走笔通知，不识弟意如何？兄拟托文子廉老邻今日进城与商，看渠如何。专此，顺询近好。兄镛顿首。六月十八日。

第六十二通

叔和五弟如晤：刻接来信，已悉一切。所云文□翁，因想是老邻，可得言语，现今既无印契又未承粮，必须老邻为凭，所以欲托其人也。无如两次专诚走访，均不能见面，奈兄近因笔墨忙促，实在至城一次亦难，至于公束先生要伊肯以为之，自然是好，惟恐年老无意于闲事，若吾弟来禾，当同去与商可也。姚君据说出月初上来禾。专复，顺询研佳。兄镛顿首。六月廿六日。

潘振镛致潘振节

叔和五弟如晤：三回寄来信并洋六元及物件，均已一统照收无误。吴君画扇尚未寄来，当再写信去催可也。孙姑丈处洋信已来，照信上尚需添买一扇，是以将原信附上，望展读之。所有来洋四元，及吾弟寄来五元，均交五弟媳手收矣。葛氏已两次来信催促，兄刻下亦不能凑寄，望吾弟格外留心，以少积多，兄处亦当设法措寄，俾能早一日好一日也。嘉兴旧宅地基，刻下据容堂说有卜姓欲造衣业公所，虽有些着落，尚恐城中空地太多，价不能生色耳。所云慕周款册页，因前用师寄来之时，信上只写四页及琴条八张润洋十二元，当时因心中照着润笔，先画琴条，故琴条多是认真画及仕女。直至画册页时，始见有余绢两页，尚不识内中错误之原，故未画入，本拟见吾弟信后，即可补画，因旧存之余绢两张不知失落何处，裁新绢恐大小不合，故望禀知用师，请再寄两绢，当再画缴可也。折扇四张，实因手头忙促之至，俱是喜事所需，刻难待缓，稍缓画缴勿误也。陈老莲水浒图一本，夫子前曾说及十分夸重，今有同文。

第六十四通

叔和五弟如晤：前来洋信收悉无误。比想眠食无恙，笔墨丰沛，念念。兹者甪里街地基为造铁路，相近东门外九坊旧诸业主须至精严寺报名填册。是以于月之朔日，兄特至寺代报矣。给有章程一纸，今特附去。再者，南门王哲卿姊甥寄来去年所托糟票一纸，并原信一并寄上，至望查收为要。回信或经寄南门外石灰桥王哲卿亦可。再者，兄处房东潘雪轩，为其兄嫂及其原配母女四人，共画五尺纸一幅，要有亭子园景，兄因不甚善长，故面荐吾弟，渠亦极为企慕，但原像两幅不佳，且笔资犹未提及，吾弟倘有暇来禾最妙，且从缓商可也。此致，顺询研佳。兄镛手泐。蒲夏十一日。合宅均吉。

潘振镛致潘振节

第六十五通

向钟玉疫差可动，笔其实因以积件所遍不得不然耳。小雅前番来信云京中大学及高等虽有几家若今年暑假后掭班者玉少须三四年毕业岂非子更长而费用更大。现今既在此校且守此一年毕业后再谋别事或可容易些。兄意只好如此但眼前後顾范之自己精神渐衰笔底所进渐少。而两宵用度有增无减。殊属可忧。吾辈有病先我自已箕骨当心无之而尽真无法可劝。写着润格数年孙儿此作乙页玉望捡入此续即问告　　兄寰前用之沈家妈家中有事已去今春惟有小姐顾不过使狂女犟均好

兄镛手却三月朝日

叔和五弟如晤：清明前来信及银锭，及昨日来明信均已收悉。兄因近时天气冷热忽更，于前月中旬又患感冒咳嗽，体热齿痛，以致廿一日上坟畏风不去，只令媳妇一人去凤桥屋，本恐围墙坍脱，故带一洋去，无如墙倒不坍，屋面上有两处断椽瓦落，故即以一洋交与姜顺德代为修理矣。琅圃侄前有信来，前事不提，惟云日本又有物彩会，据说此番于中国一方面归侄一人所办，欣欣然兴致甚好，要我两张画，又要我转求郭季人父子及钱诗庭画几张，但思此时正与日本有交跸风潮，未必人家高兴，况与钱君并未识面，连我之两张亦因身体不好，亦未曾画。兄今虽咳嗽稍好，而腰痛常作，精神疲软，每日惟午后一二句钟至夜差可动

对和五弟如晤清明前来信及银镜及昨日来朋信均已收悉兄因近时天气冷热忽更于前月中旬又患感冒咳嗽兼牙齿痛以致廿日上坟畏风不去只令媳归八去凤桥屋本怨围墙拼脱故革一样去岂知墙俱不拼屋面上有两处断四椽瓦落故即以一律去与姜顺德代为修理买琅圃烟前有信未来前事不提惟云日本又有物彩会摅说此番于中国一方面归人八所办欣之煎甚好要我两张画又要我转求郭李人父子及钱诗庭画我怡但思此时与日本有交涉风潮未必人家高兴况与钱君並未识面连我之两件亦因身体不好六未曾画兄今虽咳嗽精神好而腰痛常作精神疲软每日惟午后二

动笔。其实因以积件所逼不得不然耳。小雅前番来信云，京中大学及高等虽有几处，若今年暑解后，插班者至少亦须三四年毕业，岂非子更长而费用更大，现今既在此校且守此一年，毕业后再谋别事或可容易些，兄意亦只好如此，但眼前后顾茫茫，自己精神渐衰，笔底所进渐少，而两处用度有增无减，殊属可忧。吾弟有病先我，自己算得当心，亦无所益，真无法可劝焉。兹附润格数纸，孙儿照片一页，至望捡入。此复，即问研吉。兄镛手泐。三月朔日。侄女辈均好。

兄处前用之沈家妈家中有事已去，今蚕忙在即，惟有小四姐颇不足使。

叔和吾弟如晤：久不通信，想眠食如常，念念。近来顺侄处有信否？张伯英知伊曾否回来？可有信息否？吾弟砚田有生色否？一切念念。兄近来虽眠食如常，其腰酸已成老病，而近来又添腿软，更难步履矣。吾弟前要书画☐，因无旧存，直至今之初四始落北一次，十分吃力☐☐。张锦斋处，此笔只有三支，自用一支，两支寄去，☐捡收之。五环洞曹妈八月间已故，有李姓老女人来要衣棺之费，因与彼三洋。坟屋之门恐偷脱，因即寄与彼处，又出卸力二角。至前月底边，有曹九如来，云有客民吴明庭借住，持有借据一纸为凭，以后如有不妥，即凭原中人驱逐云云，大约可放心矣。吾弟如见☐升老弟，望转致。前伊郎喜事曾寄贺礼一☐，后又寄一信，不知收到否？因无回音故也。此致，即问近佳。兄镛手泐。

叔和五弟如晤：日前来信时，因局人立等回信，匆匆作复，不及细述。兄处今年幸有南堰吴澄甫册页十六幅，是以敷衍，至今其余只有上海聊聊数件而已。虽云简省而百物昂贵，真所谓省要省钱，殊属可忧。至坟屋坍墙已做好，连屋面扫漏共费两洋之数，幸勿虑也。再者前琪儿来说，洲东湾地基一节，兄已画得地图，曾托尤季良代进一纸至军政府，刻下未有是否拟日上到北门寻季良，是否再当通知可也。前云殷寄盘之阿姊小妹欲请八字来，无如闻前途以无产业为嫌，且闻寄盘亦不参合，是以已作罢论矣。但拜老处不识如何也，保之出门不识何以阻滞，然照如此，市面极难生色，更恐反多开销，此亦不得不虑耳。今年沈幼亭久不通信，不知尚在上海否也？凡事不可预料，得过且过，不可过于忧虑为要。倘得空来禾叙叙。此致，顺询研吉。兄镛手沥。四月十一日。

叔和五弟如晤：前接顺侄来信，知吾弟小有不舒，时已渐见安，适想至今定能如常矣，念念。兄前日亦去年之旧病，略有小发，十余日之间，幸有建兰花浸酒似觉见效，刻下已如常矣。近日弟处笔墨若何，可能敷演否？今冬琪儿例应毕业，拟俟伊放假后照文明办圆房事，大约总在十一月间或十二月初，定期后再当函致也。前日沈馥岩来，说上海已租定房子，每月八洋，据云有信致顺侄处，不识如何？念念。今寄上立幅三张，系前顺侄经手者，至望查收为要。有空先来叙叙。此致，并问砚吉。兄镛手泐。九月朔日。

□门面也。现今吾浙省闻谣言，叛党欲谋造乱，似欲报不肯独立之恨，是以各处戒令严密，如火车、轮船一到，派兵搜查甚细，南京虽已克复，其奈谣言不止，何嘉禾虽属安靖，而人心犹不能释然也。今寄去梅花仕女一幅，书征款屏幅四张，醒初款扇面一页，锦古斋细帐一纸，至望一并查收为要。此复，顺询研吉。兄镛手泐。八月十二日。

颂嘉处因长沙催信，故于初三日偕三女□。

叔和五弟如晤：日前回平后，谅多安好，念念。上海闻吴淞南军已退，市面渐可如常矣。弟前带去之画件，内有《仕女吹笛图》及《双仕女荷花水榭图》，此二幅是戏鸿堂经手者，因匆匆缠错，今寄上立幅二张，至希捡收，望将前二幅寄来为要。专此，顺问研吉。兄雅声手泐。七月十六日。

叔和五弟如晤：前来洋信纸件均照收悉。曾泖邮复定亦收到。近来吾弟处笔底若何？保之处近况若何？殊深念念。闻沪地制造局闹事以来，人心惶惶，恐市面不免减色也。兄近因略有感冒，始而咳呛，既之齿痛时作，幸服药还算见效，今已渐渐如常。所云琪儿读书一节，学堂虽好，闻得学生之多，非寻常者可能进去，现有王店高等小学教习头绪，且将就试之，拟于明日动身，火车来往极便，逢星期尚可回来一转耳。今寄上葛氏画件计六尺人物屏四幅，五尺屏一幅，四尺仕女屏四幅，绢本小屏四幅，此是前次来件，已全矣。再有后来诸件中绢本人物屏四幅，绢本仕女屏一幅，绢本童戏屏一幅，总共大小计十九幅，至望查收，即望回信为盼。专此，顺询研吉。兄镛手泐。五月初六日。

再有，前日保之经手扇面一页，今亦寄上，望查收转交是也。

叔和五弟如晤：日前至平，谅多安好，顺侄寒热亦必痊可，念念。所嘱付久大之账适手头未便，故未付去，想可稍缓耳。昨接琪儿由杭来信，云据保定武备学堂有信通知上海各学堂由上海学堂传至杭省各学堂，云俄日两国兵据东三省及天津等处，英法两国兵据广东、广西，又有法兵在云南、越南，实有瓜分之势。照此明年之市面不堪设想，想吾弟亦有所闻，海盐未知已有回信否？能得事成最妙，必须早作定见，顺侄如能得空早来为妙。兄幸寒热已止，惟精神未复耳。此致，顺询研佳。兄镛手泐。仲冬初七日。

第七十三通

叔和五弟如晤：前寄一函，谅早收悉。近念吾弟病体已否获痊，念念。今接琪儿处由京来信，云中日交陟事据报章及传闻均恐有决裂之举，凡在京学校有外省学生颇有闻风归里者，又闻留东之华人亦颇有预先归国者，因想顺侄处曾有信来否，照此风闻，不管缓急，早宜回来为妥。万一果至开战之时，东西隔绝岂非为险耶？万望早为设法为要。匆匆不尽欲言。顺询研吉。兄镛手泐。三月廿六日。

潘振镛致潘振节　181

叔和吾弟如晤：前来函已悉合宅安好为慰。兹寄上松涛款扇一页，至望转交保侄可也。陆宅八字可曾卜吉，念念。端木处近无信息，小妹谅已动身矣。兄于月之十二三至彼一次算是送行，其亲事均未提及，都恐不谐耳。兄前因病阻，是以笔墨更忙，城里少去。顺侄寓处一节犹未觅定，总之不肯过于俯就也。此致，顺询研佳。兄雅声顿首。五月廿九日。

拜老立幅略缓图报，勿误。

第七十五通

叔和吾弟如晤：开春以来，想新岁如意、合宅吉羊为慰。兄近日身体亦好，可毋远念。昨午小妹来家，谈及陆宅亲事，如何行事曾详述前信，谅早接洽，彼处要待我处定准，是否早日回复，以便月半请庚，否者可以另出八字。据兄看来，极可办得，务望早日来禾商酌，勿再疑或迟误为要。一切面悉不碎。此致，顺候新禧。兄镛鞠躬。保之侄及侄女辈均吉。

叔和五弟如晤：琅圃侄来信已悉。琪儿尚未暑假，迟日至平可也。陆宅亲事一节，小妹于节后曾至塘汇，据其母云，一切均凭老大作主，故此行徒劳往返，前日朗清至育婴堂，据云亲事已允，惟吉期要定过，必须来年正二月间对亲，准日之日，略待秋凉可也。至于六礼阍阘并未提及，昨日小妹叫人来关照如此耳。兄近来竟不能多动笔，稍觉劳顿，夜间即要体热，凡一次发热之后，总须三四日不能画，实在无法也。此致，顺询研吉。兄镛手泐。

第七十七通

权和五弟如晤：前日回平，其画谅早寄去，但不知赶得及否？念念。陆宅姻事即于初九备帖及指戒一对、元糕两包计三十有零，计十七元三角有馀。小妹到彼，而彼处以无礼篮为嫌，此照大概亦有有，有无故不补去，允帖已来，留在兄处。今穆放翁处画件已全，计屏六幅、绢本一幅、炕屏一幅，至望查收为要。前日送徐拜老四幅，谅早收到，因来禾时未提及，故今附及之，恐局中失误故也。东栅口喜事拟到否？此致，顺问研吉。兄镛手泐。三月十六日。

叔和五弟如晤：前今两信均已备悉种种。据保之处来信，竟似回绝。最奇者，竟被陆宅所料着，我等倒反如在梦中，真真出于意外。但当时再四为之满拍，此刻如何好去回复，即如彼处来问，只可暂作延缓之计。但据保之决意不合，又恐愈迟愈难。若据吾弟所云电报，亦似不妥，须先要措路费寄去，回来之后又须办吉期之用。且闻保之尚有旧欠未归，恐一时难以措手。至于彼处虽有余资在会，此之谓画饼不能充饥，奈何奈何！至于阿琪平日在家，虽云习画，因向来同学友太多，日日有人来同去闲游，说之无益也。前五月杪，有人在北京为农政教员者，本嘉兴人其前在嘉兴作画图教员，本与阿琪相识，暑假回来，云北京有森林学校到上海招学生考，于是彼极意要去。先寄报名费两羊（洋）、照相一张，即托农政教员致信保举。六月杪至申赴考，车房饭费十二洋。居然考取，嘉兴七八人欣欣然约伴同往，据云两年毕业，即可荐作办事。但森林者，皆在东三省荒山野地之处，种直（植）树木之事，兄意其地远而且僻，其苦可想而知。况家中人少，颇以为不然。但想在家中亦无出息，终日三闲四友，犹恐

拜和五弟如晤：前令两信均已俱悉，种之揽保江家来信，竟似回绝，最奇者，竟被隆宅所料著，我等倒反如在梦中。真之出于意外，但当时再四为之满扣，此刻如何好去回复，即如彼家未问以不暂作延缓之计，但揽保之决意不合，又恐念迁念难若揽吾弟所云电报去似不妥，须先要措路费寄去回来之後又须辨吉期之用，且间保之尚有旧欠未偿，恐一时难措手。至于彼家雖有馀资在会此之谓

盡餅不能充飢，奈何之。至于阿琪平日在家，雖云習畫，因向来同學友太多，日之有人未全去閒遊，説之妄蓋也，前五月抄有人在北京農政教員者，李嘉興人，其前在加興森林學校新上海學生考手是，奉與阿琪暑假回来云，有為北京農政教員
相識
彼極意要去先寄報名費兩羊，並相一張即託曲農政教員致信保舉居然考聘甚嘉興七八人欣之然約伴全往攬云兩年畢業即可蓉作办事，但森林者，皆在東三省荒山野地之墾種直樹木之事，兄熹其地遠而且僻其苦可想而

荡而无业，只得免（勉）强听从。兄但说既愿去，路远不能多来去，一年逢暑假回来一次可也。计每年房饭资六十羊（洋），加来往路费及修发浆洗零用，临行措付百二十羊（洋）之数。且云我身日见衰像，每多小病，笔下渐见少动。日用不能减省，前几年尚不能有余出，此刻再不能多费矣。但想如今少年胆量虽壮，多半妄想发财，喜于挥霍，只图目前，并无后顾。其心地之恶俗，无药可医耳。盖新学所谓"自由"二字，大误苍生。如今媳妇产事在即，未免又有一番举动。此保之所谓妻室累人，而不知妻室之后累人事又原原（源源）不绝。吾想与老弟二人，其劳碌可云极矣，然为人既处于寒素，不得不如此耳。但据保之来信云，日本现今亦在戒严之时，邮便停车。果尔，则不但路上为险，而且信息难通，更无设法，不知究竟确实如何耳。刻下兄处虽亦拮据，倘遇缺少之间，必当竭力。若使电报去催，或作暂归之计，行李一切必不带回，此又不可不虑，兄亦无法可想，只得吾弟自主。所患者廷辅亦非确实之人，若吾弟去信问伊，仍不足信。凡事事宽则圆，吾弟且不必忧愁，少缓而图之可也。此询近好。兄镛手泐。

潘振镛致潘振节 187

叔和五弟如晤：连接二信，藉悉一切。所云陆宅或听施廷辅传闻，或廷甫与顺侄不和，故意造言，此断不可作据。所虑者一闻东京回来未免催娶，倘顺侄果有不欲之意，定多口舌，除此之外固无所怕，若云停妻再娶，毫无确据，决不能以传闻作证也。然此番果能回来，此事设法办之为妥，兄之意笔难尽达，俟面商之。小妹近患疟疾，平湖回来尚未见过。此复，顺问痊吉。兄镛手泐。八月十三日。

第八十通

叔和五弟如晤：小妹及琪儿已平顺返禾，可弗念耳。胡小匊交来润笔钞票洋六元，今特寄上，至希查收为要。天气甚佳，不识吾弟与顺侄何日来禾，盼盼。此致，顺询研佳。兄镛顿首。八月廿八日。

叔和吾弟如晤：日前来信并润洋六员（元）、屏纸两条，照收无误。所云润资，新定润目暂且不必较量，至于润格，有除堂幅五尺以上者，为八尺除出、六尺、五尺为止，因其大幅不可只画一人，故用除去大者为上，小者为下之意。若屏幅者本不除去，均须例加也。至于琴条即三尺对开，就如三尺堂幅减半，只须两洋可也。炕屏因有大炕屏，几乎相近三尺者，所以须三元也。所询陆晋阶兄要画五尺屏六幅，须照其例，或少有不如，如三十之数照格算须卅四元五角，亦当如渠所命可也。兹寄上绢本琴条六张、纸本花卉琴条六张、扇面一页，至望查收转致葛氏昆季为要。专此，顺询砚佳。兄雅声顿首。分龙日。

叔和五弟如晤：两接来信已悉。葛氏画件因知要紧，特将积久者姑置于后，拨先画就寄上，至希查收为要。惟绢本仕女一帧，当与扇册同论，至少三元可也，务望转致。应找一元收存弟处，亦不必寄来也。此复，顺询近佳。兄镛手泐。

叔和五弟如晤：前接来信，并洋四元十一角及纸一卷，照收无误。兄今日至北门邵敬之不见，闻施廷辅尚在王店，谅必平湖未转。前日胡小匊来，有顺便石章两方，刻得甚佳。本拟连葛氏画件并寄，犹恐廷辅即日至平，故特先与幼亭处茶果一匣寄上，至望查收为要。陈韵石犹未得晤，因路远只得信去回复也。此复，顺问研吉。兄鏽手泐。二月初三日。

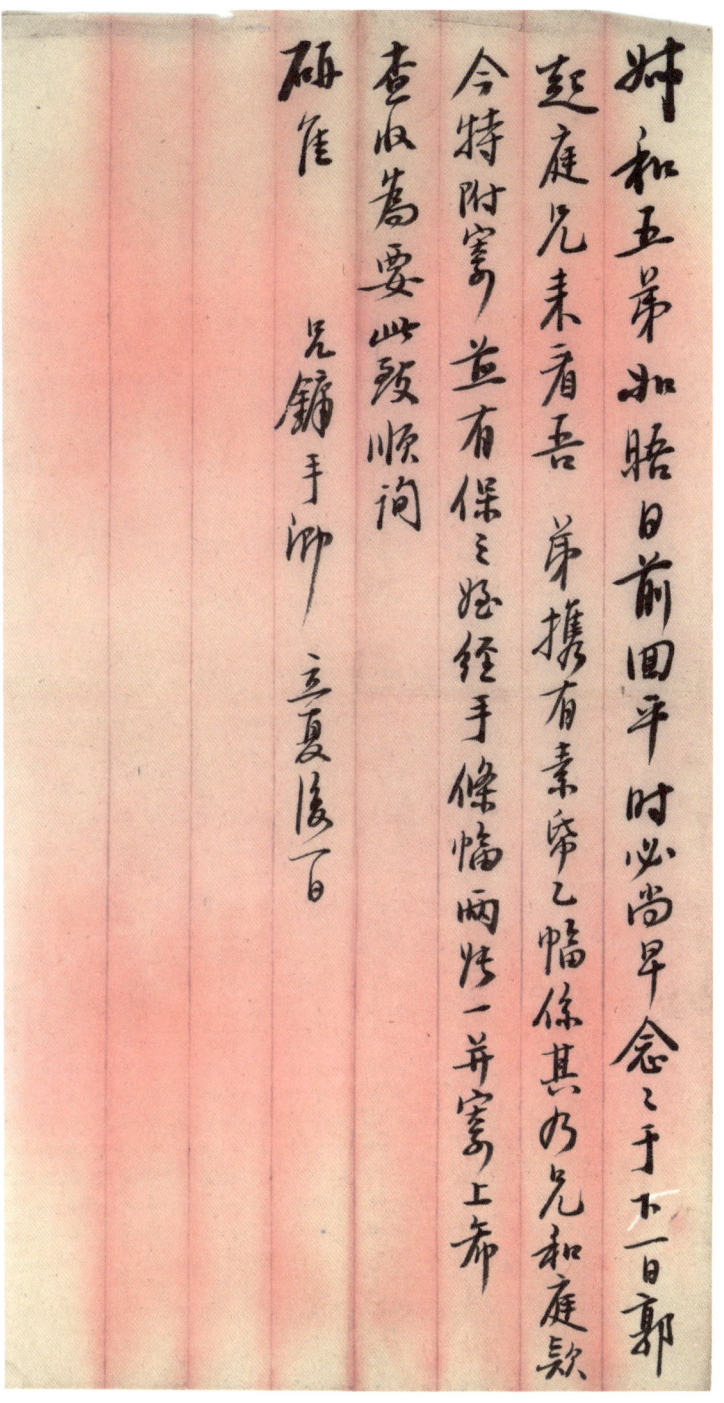

叔和五弟如晤：日前回平时必尚早，念念。于下一日郭起庭兄来看吾弟，携有素纸一幅，系其乃兄和庭款，今特附寄，并有保之侄经手条幅两张一并寄上，希查收为要。此致，顺询研佳。兄镛手泐。立夏后一日。

叔和五弟如晤：久不通音，想吾弟以次均各安好为慰。节前有管家回平之便，带去王秋言花鸟大屏，谅早收到，不识顺侄友人以为合意否？念念。近来禾地时疫流行，颇多小病，因黄梅湿令兄亦时常不舒。前嘱画之文武星，今已画就寄上，至望捡收，惟其纸上有迹如鼠屎，画时不曾看着，须转言嘱裱家洗去是也。此致，即问砚佳。兄镛顿首。蒲夏廿八日。

第八十六通

叔和吾弟如晤：前寄琅圃侄一信，并扇面一页，谅已送到，念念。近想合宅安好，笔底能否起色，颇为悬念。兹寄去花卉四幅，系去年琅圃侄经手者，至望捡收之。申江之行想必俟秋凉矣。近来雨水甚调，乡间田禾极发，看来大有丰年之势，可见天不弃人，挽回甚易。倘能得暇，望来禾叙叙为盼。小妹于前月下旬于背发三毒系下反搭，是以于月底回家医治，现已出毒，幸眠食尚好也。此致，顺候近好。兄镛手泐。六月初三。

叔和五弟如晤：前接来书并膏药一张，收悉无误，所云节后来禾一行颇为盼望。兄处笔底亦属中中，前接乌镇王恂如来信，有试草几分属为分送，约于即日偕二宝来家作数日之叙，吾弟或来可作不约而见，不亦可乎？然前之所约云在秋分后，而秋分在月之廿六，至今三十日尚不见来，不识其何以致迟也，莫解其故。前顺宝携去《红楼梦》，看完即望带来，再平地有好花讨些种来，再吾弟日前所画代图，弟处既不用，可携来，或添几位能得可用，兄当偿还笔资可也。此事最要紧，必须带来，方可商量补画之处，否则竟要重画。专此，即询近佳。兄镛顿首，八月三十日。

拜老来信已悉，小照稍缓补上。

第八十八通

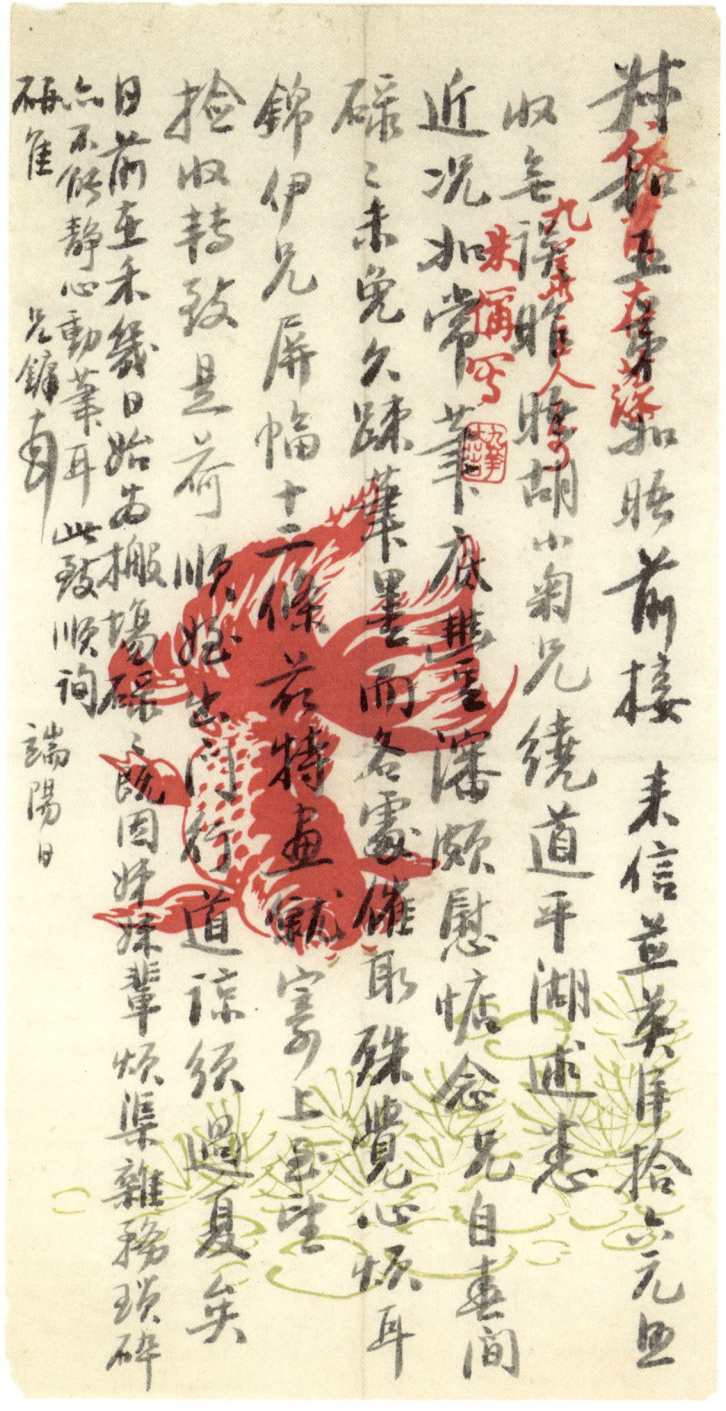

叔和五弟如晤：前接来信并英洋拾六元照收无误。昨晤胡小匋兄绕道平湖，述悉近况如常，笔底丰沛，颇慰惦念。兄自春间碌碌，未免久疏笔墨，而各处催取，殊觉心烦耳。锦伊兄屏幅十二条，兹特画就寄上，至望捡收转致是荷。顺侄出门行道谅须过夏矣，日前在禾几日，始为搬场碌碌，既因姊妹辈烦渠杂务琐碎，亦不能静心动笔耳。此致，顺询研佳。兄镛顿首。端阳日。

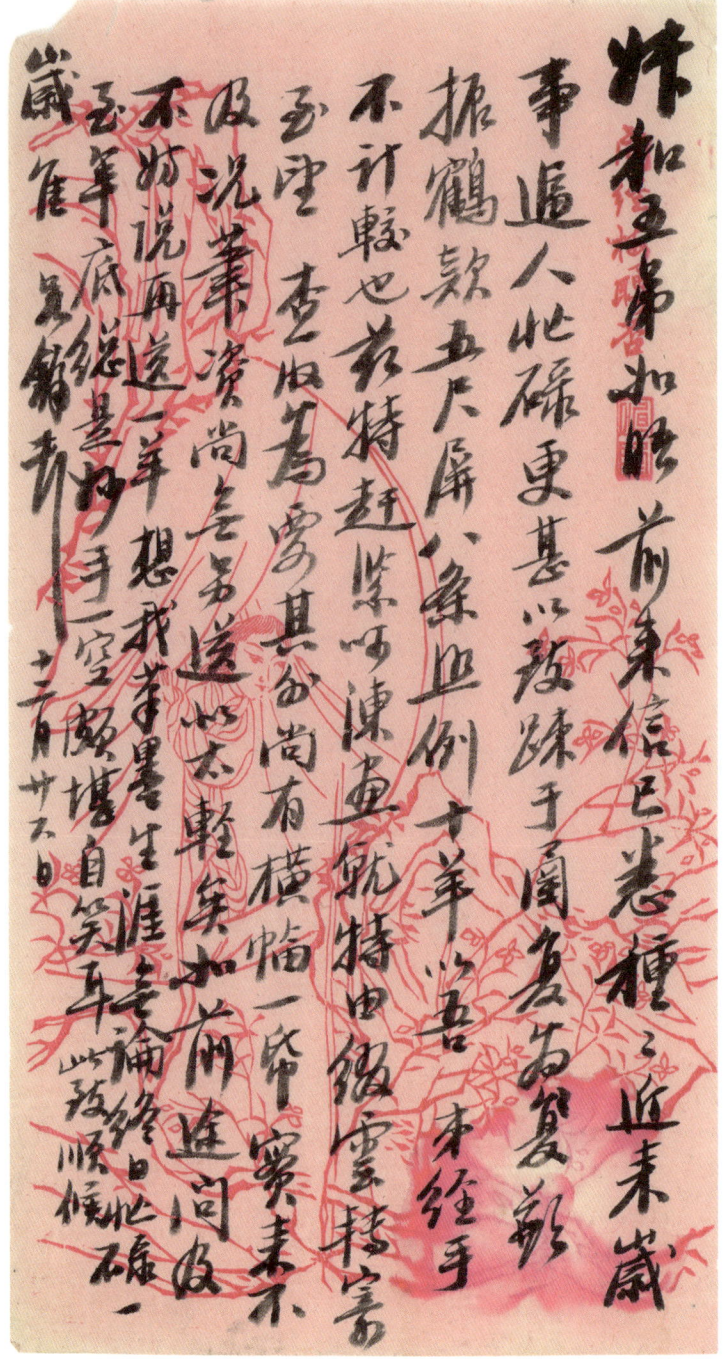

叔和五弟如晤：前来信已悉种种。近来岁事逼人，忙碌更甚，以致疏于函复为歉。振鹤款五尺屏八条照例十羊（洋），以吾弟经手不计较也，兹特赶紧呵冻画就，特由缀云转寄，至望查收为要。其外尚有横幅一纸，实来不及，况笔资尚无。另送似太轻矣，如前途问及，不妨说再送一羊（洋），想我笔墨生涯，无论终日忙碌，一至年底总是妙手一空，颇堪自笑耳。此致，顺候岁佳。兄镛顿首。十二月廿六日。

第九十通

叔和五弟如晤：前即一函，谅已收睐。兹者得庄法老送来一信，因渠病势缠绵，附来拍照一页，嘱兄画照，兄以不善为辞，今得吴三先生来家商量，寄与吾弟为渠一写。今寄上素纸一张，拟作横卷补作和尚手持念珠坐蒲团上，略补树石，得能早画最好，病人自己一见为安，其润俟其送来再当寄上是也。原信附睐。此询研吉。兄镛手泐。四月廿三日。

叔和五弟如晤：前来祖芬款册页二方，润洋五元五角，照收无误。其册已同第二次寄来画件一并画就，计纸屏两张、绢屏两张，其中《长亭送别图》须加润两元，加来留在弟处可也，及祖芬两册共六张，特由局寄上，至望查收为要。近来吾弟眠食若何？笔墨若何？念念。兄近时尚算安好，惟因天气潮湿但觉疲倦而已，孙子于四五日来体热时发时止，琪儿亦于昨日午后身体发热，幸今已热退矣。此多由今年天气常凉，未免贪凉失慎之故。琅圃前有邮片来，云近患齿动，彼处医药亦无效，大约今冬一定返家，刻下已在整备云云。此致，并问研吉。兄镛手泐。七月十一日。

丹青五代因时而新的秀水潘氏

秀水潘氏是近代嘉兴书画世家中出现较晚的一支，潘氏并非传统意义上的"仕"家大族，家族中并未出现入仕为官者，依靠着早期几代人田地租赁等营生积累下一定经济基础。"仓廪足而知礼节"，在稳固的经济基础之下家族成员开始拓展精神生活，从潘楷开始在绘画上便有所尝试，潘楷学江石如，善花卉；潘大同学边寿民，善芦雁；潘大临学改琦，善仕女；潘振镛和潘振节同师戴以恒，私淑费丹旭、恽寿平，潘振镛善仕女，潘振节善人物肖像。

秀水潘氏世系

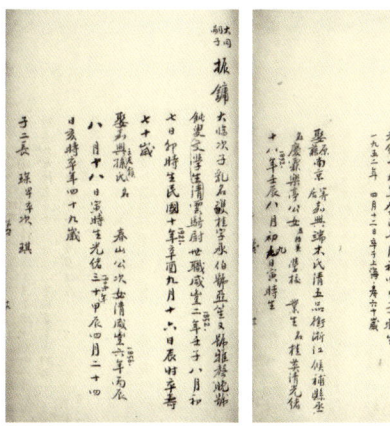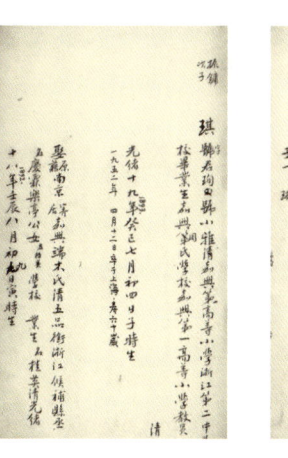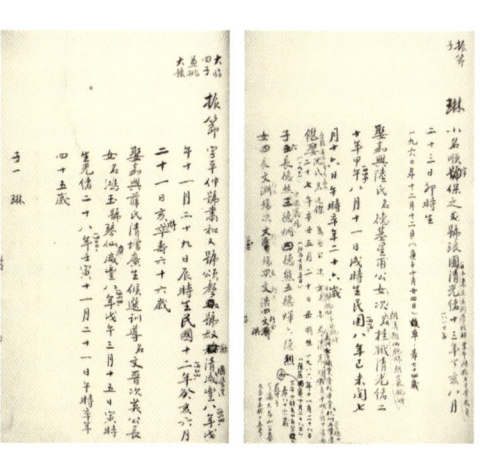

经过三代人的探索与积累，潘振镛、潘振节兄弟成为鸳湖画派中的重要代表人物，对清末仕女画产生了深远的影响。潘振镛是秀水潘氏中最为人熟知的画家，19世纪前后以仕女画为成就在江浙地区颇负盛名，与晚清画家沙馥、吴友如并称为人物画"三绝"，其子潘琪传承家学，画风神似其父。潘振节仕女画成就不及其兄，然人物肖像画却独树一帜，其子潘琳从父业，仕女画承其伯父潘振镛的衣钵。

潘氏家族留有大量书信，其中潘振镛和潘振节兄弟两人往来信件比较密切，从中可知两家虽没有聚集而居，但两房之间也多有商量，从族人看病往来、家族房产处理，到子辈婚姻大事的安排，都能彼此相商，家族成员之间的关系较为融洽。

潘楷、潘大临沉浸于艺术的熏陶，而潘振镛、潘振节兄弟以绘画换生存，艺术追求屈从于市场需求，一定程度上也限制了潘氏书画艺术的高度，成为江南地区中下阶层书画世家发展的一个侧影。

潘振镛
（1852—1921）

潘　琪
（1892—1952）

潘振节
（1858—1923）

潘　琳
（1887—1960）

潘振镛　早朝图轴

清光绪十七年（1891）

纵 105.7 厘米，横 43.5 厘米

纸本设色

嘉兴博物馆藏

潘振镛　柳溪春泛图轴

清光绪二十九年（1903）

纵 102 厘米，横 49 厘米

纸本设色

嘉兴博物馆藏

潘振镛、潘振节合绘　庄生像横披

清光绪十四年（1888）

纵 30 厘米，横 66.3 厘米

纸本设色

嘉兴博物馆藏

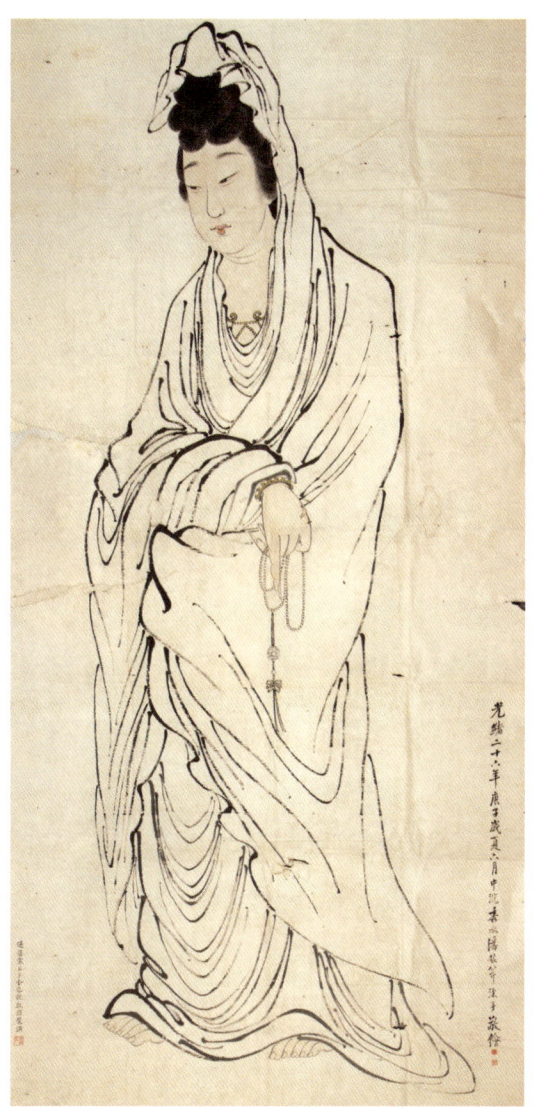

潘振节　观音立像大堂

清光绪二十六年（1900）

纵 347.3 厘米，横 142.5 厘米

纸本设色

嘉兴博物馆藏

潘振节　梅窗读书图轴

清光绪二十七年（1901）

纵 105.5 厘米，横 21.5 厘米

纸本设色

嘉兴博物馆藏

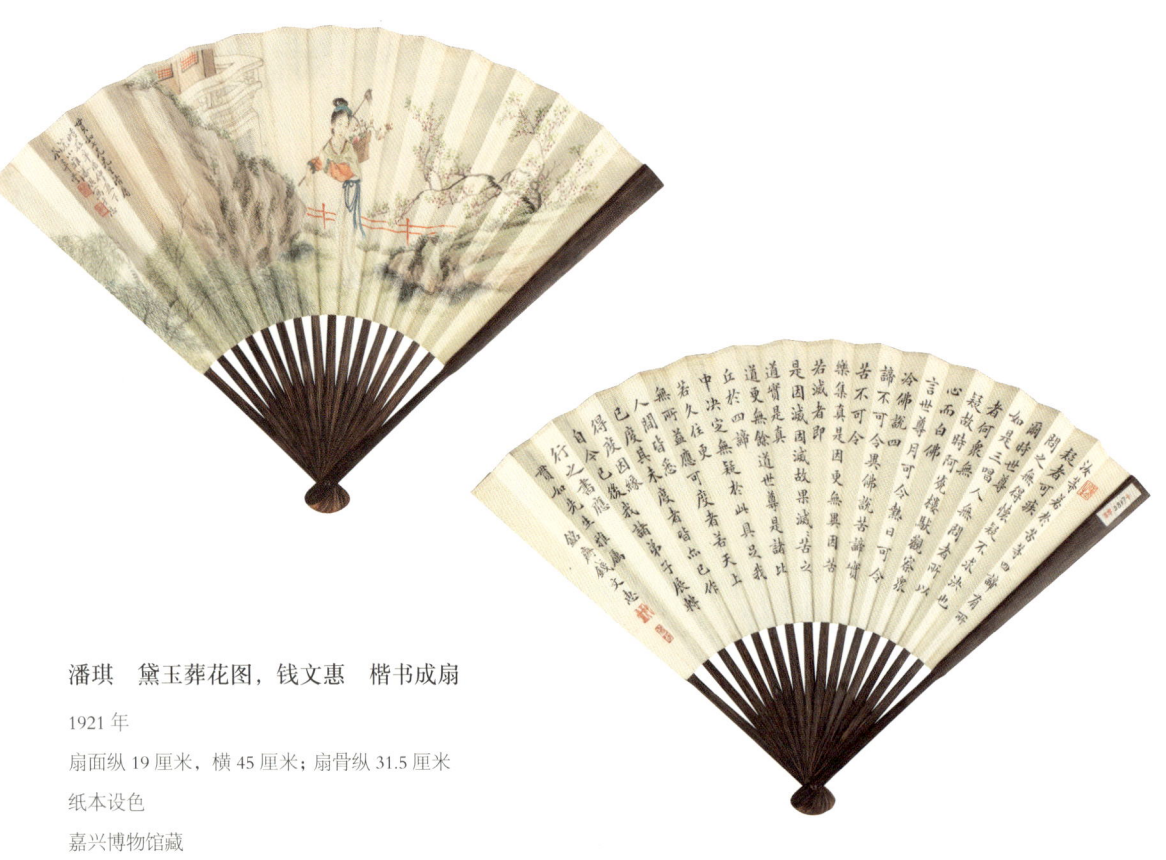

潘琪　黛玉葬花图，钱文惠　楷书成扇

1921年

扇面纵19厘米，横45厘米；扇骨纵31.5厘米

纸本设色

嘉兴博物馆藏

潘琳　花卉图扇面

1930年

纵19厘米，横51厘米

纸本设色

嘉兴博物馆藏

附 录
信札涉及人物小传

卞綍昌　　（1873—1946），原名纶昌，字经甫，号薇阁，晚号獂盦。江苏扬州人。卞宝第次子。

陈莲舫　　（1837—1914），名秉钧，又号乐余老人，青浦陈氏十九世医。早年随祖父陈涛侍诊，得其传而过之。光绪二十六年（1900）悬壶上海北海路，求治者门庭若市。翌年应聘赴湖北为两广总督张之洞治病，逢张之幕僚李平书，与之结为莫逆交。光绪二十九年（1903）两人与中医朱紫衡等创立医学会，光绪三十二年（1906）又相与创办上海医务总会。

戴　信　　生卒年不详，字子轩，一作子谦。桐乡乌镇人。清末画家，善画仕女。

戴　熙　　（1801—1860），字醇士，号榆庵，一号鹿床。浙江钱塘（今杭州市）人。道光十二年（1832）成进士。咸丰三年（1853）奉诏与周澍、俞焜等会大府督办江浙团练捐输事宜，五年协办杭城协防局事，练兵治器，抵御太平军。十年太平军攻杭州，投水死。赠尚书衔，谥文节。

董念荼　　（1832—1899），字味青，号小匏。董耀子。

董宗善　　（1874—1939），字叔骝，号心壶，又号洵五、洵吾，别号无为居士。董棨曾孙，董念荼季子，董敏藻兄。

范　松　　（1872—1922），字守白，号积庵，山阴（今浙江绍兴）人。

葛昌楣　　（1892—1963），字书徵，号晏庐、鸣呵里民、竺道人、望庵主人。平湖人。葛嗣浵次子。

葛昌枌　（1897—1951），字祖芬，平湖人。葛嗣浵季子，葛昌楣弟。

葛昌楣　（1886—1964），字咏莪，号荫梧、雍吾，别署韶华，室名传朴堂、弢华馆、辛夷花馆。浙江平湖人。工书法、喜篆刻、爱鉴藏。为南社社友、诗人。

葛金烺　（1837—1890），癸未（1883）参加会试，丙戌（1886）成进士，授刑部主事，复援例为户部郎中。

葛嗣沆　（约1869—1909），号瀯仙。

葛嗣浵　（1867—1935），字稚威，号竹林。葛金烺季子，徐用仪女婿，与张元济同科举人。1902年在葛家祠堂设立稚川学堂。

葛嗣溁　（1862—1890），一作嗣溓，字弢甫，号云威。平湖人。

顾翔生　生卒年不详，豫园书画成员之一。

郭兰祥　（1885—1938），字和庭，号尚斋，浙江嘉兴人。郭似埙长子。能诗善画，亦工篆刻，晚年客上海张钧衡家。

郭兰枝　（1887—1935），字起庭、熙庭、屺亭，号素庵，浙江嘉兴人。郭似埙次子，兄兰祥。能诗词、工书法，精篆刻，尤长于山水。客上海庞虚斋家十年，观摹名迹甚多。

郭似埙　（1867—1935），字友柏，号季人、季蕈、季菀，别署平庐。浙江嘉兴人。父郭照字子青，号晓楼，曾居沪上，擅画花卉，与同乡张熊善，作画受其影响较大。埙传家学，人物、花卉，皆能为之，兼擅篆刻，顾自矜贵，不轻奏刀，著有《续艺林悼友录》。

杭穉英　（1900—1947），亦作稚英，名冠群。浙江海宁人。自幼爱好绘画，13岁随父进商务印书馆，潜心钻研，后自立画室，出版月份牌，设计商品商标包装，为我国最早的商业美术家之一。

胡传湘　（1881—1924），字小匊，桐乡石门人。胡钁子。篆刻家，西泠印社社员。

金绍城	（1878—1926），一名金城，字拱北，一字巩伯，号北楼、藕湖。毕业于英国皇家学院政治科。好收藏。北方画坛领袖，曾与张大千并称"南张北金"，又与吴昌硕并称"南吴北金"。1920年，组织北方艺术社团——"湖社"画学会，并举办四届中日书画展，为绘画艺术活动作出贡献。
金绍坊	（1890—1979），字季言，号西厓。金焘四子。著有《竹刻小言》。被誉为"20世纪最杰出的竹刻家"。
金绍堂	（1880—1965），字仲廉，号东溪、玉森，金焘次子。毕业于英国皇家学院机械科。名重南北的竹刻家，可与周芷岩齐名。著有《可读庐刻竹拓本》。
赖嵩兰	生卒年不详，青浦名医，名与陈莲舫并驾。
李汉青	（1870—1944），名庆霄，号咏霓。山阴（今浙江绍兴）人。篆刻家，善绘事，花卉习恽寿平，山水工稳，治印酷肖秦、汉，善鼓琴，且能修补。
李世楷	生卒年不详，字式卿。桐乡濮院人。清末官员、诗人。
李廷栋	（1869—1924），号枚臣、瀛卿，嘉兴人。清官员，李世楷弟。
李子牧	（1868—1933），字保常，滋漠，秀水（今浙江嘉兴）人，从陈莲舫学医。
李修易	（1811—1889），字子健，号乾斋，海盐人。
陆　恢	（1851—1920），字廉夫，号狷庵，别署破佛庵主人。江苏吴江人。
陆惟鋆	（1877—?），字芩生，号伯英，更号默君，光绪三十四年（1908）岁贡。
陆增珏	（约1851—约1902），字渔庄，平湖人。陆惟鋆、陆惟鉴父。清画家。
陆祖毂	（1874—1944），字文达，号仲襄，以号行。唐代陆贽后裔，世居嘉兴。幼时父在濮院经商，故生于濮院，少年时迁回嘉兴城内。

陆廉夫　（1851—1920），原名友恢，一名恢、友奎，字廉夫，号狷庵，别署破佛庵主人。江苏吴江人。

梅泽和轩　生卒年不详，日本学者，1924年出版《南画的见解》。

倪墨耕　（1855—1919），初名宝田，字墨耕，又号璧月盦主，江苏扬州人，侨上海。

潘琛　（1883—1894），小名森，号献之。潘振镛子。

潘琳　（1887—1960），字保之，号琅圃，秀水（今浙江嘉兴）人。潘振节子。后迁居平湖。自幼随父及伯父振镛习画，工人物、仕女及花卉，年弱冠即应人求画。1912年旅沪上，兼任国民教育编辑所图画编辑，又被上海书画协会（会长吴昌硕）聘为审查委员。1913年9月东渡日本，日本东京美术学校肄业。在东京参加中华南画会，成为驻会画家。留日六年，以画会友，与日本书画界名流如横山大观、中村不折、桥本关雪等皆友善。1918年返里，次年重游沪上，寓豫园书画善会，画名益著。1923年因父病返平湖，父卒后，遂居家作画。

潘琪　（1893—1952），字君珣，号小雅。潘振镛子。工仕女花卉，似其父。嘉兴第一高等小学浙江第二中学校毕业，任嘉兴周氏学校、嘉兴第一高等小学教员。娶嘉兴端木乐亭之女桂英（1892—？），长女潘燕。

潘振节　（1858—1923），字叔和，一字颂声。工人物，尝重绘《太平欢乐图》刊以行世。最擅写生，须眉逼肖。娶嘉兴薛次英长女鸿玉（1858—1900），号琴仙。四女琬嫁嘉兴朱景星，号炳若。

潘振镛　（1852—1921），字亚笙，一字雅声，号冰壶琴主，晚号讷钝。大临子。书法、花卉学瓯香，工画仕女，私淑费子苕而得其神似也，是费丹旭之后重要的仕女画家。妻子为嘉兴王店镇孙春山次女（1856—1904），长女兰珍嫁桐乡乌程王景灏（号恂如），次女希珍嫁桐乡王坤初（号颂嘉）。

潘大丰　（1844—1920），号霁云。潘振清父。

潘德照　（1914—？），字剑平，潘琪长子。

濮云木　生卒年不详，号亚楞，娶潘大临女良玉，即信中良妹。

钱病鹤　（1879—1944），名辛，又名云鹤，吴兴（今浙江湖州）人。

钱瘦铁　（1897—1967），名崖，一字叔崖，号瘦铁，以号行，别号数青峰馆主、天池龙泓斋主等。江苏无锡人。

钱书绅　生卒年不详，又名舒申，字诗庭。室名容滕斋、红薇花馆。嘉兴人。工画花鸟，尤擅双勾，学李汉青。

桥本关雪　（1883—1945），日本著名画家，大正、昭和年间关西画坛的泰斗，日本关东画派领袖。自1914年起，曾30多次来到中国，并精通中国古文化，与吴昌硕、王一亭等结为至交。

邵承忻　（1852—1928），字敬之，号鸳水懒渔。嘉兴人。工书画，擅花卉、翎毛，学张子祥。

邵敬之　（1852—1928），名承忻，号鸳水懒渔。浙江嘉兴人。工书画，擅花卉、翎毛，学张子祥。

沈　燧　（1890—1931），字馥庵，初作馥岩，号丹秋，嘉兴人。潘振镛弟子。

沈隽丞　生卒年不详，沈子丞父。

沈寿祺　生卒年不详，字幼亭。濮院人。

沈幼亭　生卒年不详，名寿祺，字幼亭。濮院人。光绪四年（1878）参加增福集书画助赈，光绪五年（1879）、光绪九年（1883）参加一粟楼书画助赈。

施　桢　（1875或1877—1946），字廷辅，一作定夫，号梅里逸史。嘉兴人。工绘人物、仕女兼花卉。中年游日本，初学钱慧安，后弃钱派面貌，自成一派。又善书法，能诗。工绘人物、仕女兼花卉。中年游日本。

汤又新　（1895—1984），字宥三、宥山。平湖人。善草、隶书。

附　录　信札涉及人物小传　211

唐　熊	（1892—?），字吉生，新安（今安徽歙县）人。母吴淑娟（杏芬老人）工画。家学渊源，书法苍古，画宗八大。1926年曾作梅花册页。
汪沈潜	生卒年不详，字石君。嘉兴人。与潘琪友善，擅画人物、仕女。
汪桐君	（1888—1959），嘉兴人，随祖父汪幼安学习儿科，业成，行医城内柴场湾。
汪石君	生卒年不详，嘉兴人。上海市私立中国中学民三八级同学通讯录中记载教师。
王积浩	生卒年不详，平湖人。王大经孙，王铭吉子，王积洤、王积濬兄。
王　礼	（1813—1879），初名秉礼，字秋言，号秋道人。
王景灏	生卒年不详，字恂如，乌程人。娶潘振镛长女。
翁保祥	（1902—1980），字云书，别号研庐。从乌镇张艺诚学医，闲好书画。
吴　仁	（?—1939），一名学仁，字澄甫，号剑寒、俭盦，吴藕汀父。
吴廷华	生卒年不详，字春墅。嘉兴凤桥人。清官员。光绪八年（1882）举人。
夏惠民	（1909—1976），桐乡濮院人，书画家。师从平湖范冬青，工书擅画，水墨山水尤佳。
夏贞叔	生卒年不详，字邦桢，号雪楼。濮院人。精山水花鸟、人物仕女，书法恽南田。抗战前，曾与岳石尘、仲泳沂、夏惠民等组织"梅泾书画社"研讨书画，交流技艺。
徐　觉	生卒年不详，字醒初，号南庐。平湖人。擅画山水。
徐　锜	（1877—1925），字百梅，号讷盦，徐增泰子，浙江平湖人。清庠生。画承家学，工山水，得四王、吴、恽之长。与高邕、王震游，艺益进，求者颇多。
徐善闻	（1871—1916），一名豫，字拜昌，号韩堂。浙江平湖人，寓沪。曾为平湖葛氏《爱日吟庐书画录》题扉。徐惟昆子。

徐新周	生卒年不详，字星州、星周、星舟、吴县（今江苏苏州）人。精篆刻，师吴昌硕。
许应奎	生卒年不详，字星若，号文圃，又号少萍。嘉善县学优廪生。
薛文晋	生卒年不详，字听涛，号文晋。居用里坊，潘振节岳翁。
杨　逸	（1864—1929），字东山，号鲁石，晚号无间、无闷，又号盦雪翁，上海人。
姚　鸿	生卒年不详，字伯鸿，1909年与汪琨等人发起成立豫园书画善会。
尤　桐	生卒年不详，字叔良，号师六。嘉兴王店人。潘振镛弟子。
岳树音	生卒年不详，字声铿，号择斋。陈铣高弟。
岳廷梧	生卒年不详，号蓉先，濮院人。清诗人。
岳芝绅	生卒年不详，疑为岳昌烈的父亲，或是从父。
张伯英	（1881—1943），名俊，别号沧海外史，石门（今浙江崇德）人。1912年创南画会于东京，渡东与会者有叶伯常、施廷辅、潘琅圃等十余人。
仲呈枋	（1852—1899），字云乔，濮院人。画家，工仕女，善写照。
仲光煦	（1895—1983），字泳沂。光勋从弟，从兄学艺，能书善画，擅花卉，淡雅活泼。光煦生性聪慧，不但精绘画，还会制作剔墨纱灯。
仲光勋	（1883—1930），字味生，号小某、小梅、桅兰外史、绮石室主。潘雅声入室弟子，近现代名画家。
周翔瀛	（1888—1969），曾用名周南、周默庵、周楫园。浙江平湖人。自幼由私塾启蒙，聪明好学，后赴上海接受新式教育。
朱谦良	（1889—？），字凤蔚，号虎啸龙吟馆主，别署老凤、凤威。海盐人，徙居平湖。
朱忆椿	生卒年不详，南浔人。从潘雅声，工人物仕女。

后 记

　　2013年7月，嘉兴博物馆在西泠拍卖中征集到一批嘉兴书画世家潘氏的信札，主要有潘振镛写给潘振节父子信札34通。因缘际会，嘉兴博物馆在2014—2016年间分三次从藏家手中陆续征集到了500余通潘氏家族往来信札。征集期间，嘉兴博物馆对所征集的信札及时进行了编目、拍照等工作。2015年夏，浙江大学博士研究生姚源源、硕士研究生肖依依分别对部分信札进行了点校识读，并完成了《信札中的嘉兴》的调查报告。潘氏家族信札的陆续面世，使我意识到这对地方艺术史是一宗较有价值的材料。在此基础上，从2019年开始，我开始对潘氏家族信札陆续进行了整理和释读。

　　嘉兴自古以来便为富庶繁华的人文渊薮，士族硕望辈出。随着晚明商品经济的发展，科举兴盛发达，书画交流空前繁荣，嘉兴地区的书画世家芝兰继芳，骚雅接响。潘氏是嘉兴书画世家中出现较晚的一个家族，长久的书画浸润，使潘家成为嘉兴地区一个独具特色的绘画家族。而其中潘振镛、潘振节兄弟幼染家学，是嘉兴鸳湖画派中的重要代表人物，对清末仕女画的发展产生了深远的影响。潘振镛和潘振节两家往来信件比较密切，两家虽未聚集而居，但两房之间也多商量，从族人看病往来、家族房产处理，到子辈婚姻大事的安排，都能彼此相商，家族成员之间的关系相对而言比较紧密，收入书中的178通信札大体反应了清末民初江南艺术世家的日常生活与书画应酬。

在成书过程中，著名艺术史学家、中央文史馆馆员、国家文物鉴定委员会委员、中央美术学院教授薛永年先生欣然提写书名，为本书增色。上海书画出版社李柯霖为本书的出版作了大量认真细致的案头工作。特邀编辑申屠家杰对信札进行了识读校勘，且对本书在装帧设计与排布上贡献良多。蝶庵也对书稿进行了校勘，潘振镛曾孙女潘炜女士为本书提供了相关图片，在此一并感谢。嘉兴博物馆馆长吴海红女士多次对本书的写作进行了指导，嘉兴博物馆同事刘云峰、胡洁纯、许彩云、李芝慧对书札进行了扫描和资料整理，章莹莹为本书的最终呈现做了细致而认真的努力，向他们表达由衷的感谢。

限于学力，本书在释文与考证中必有疏漏之处，敬请方家批评指正。

徐贤卿

2024 年 4 月